U0113219

国家出版基金项目
NATIONAL PUBLICATION FOUNDATION

"创新报国 70 年"大型报告文学丛书

中国科学院 中国作家协会 中国科学技术协会 联合组织创作

猕猴桃传奇

李青松　著

浙江教育出版社·杭州

指导委员会、编辑委员会成员名单

今年是中华人民共和国成立70周年。70年时间，在历史的长河中如白驹过隙，但在中华民族的历史上却是浓墨重彩。中国人民在中国共产党的领导下，从苦难深重的旧中国站起来，在一穷二白的条件下富起来，在百年未遇的变局中强起来，中国特色社会主义事业取得了一个又一个巨大成就。

成立于1949年11月1日的中国科学院，始终与祖国同行、与科学共进——70年来，在党中央、国务院的坚强领导下，几代科学院人不懈努力、顽强拼搏，始终以"创新科技、服务国家、造福人民"为己任，为我国经济发展、社会进步、国家安全等诸多方面作出了重大贡献，成为党、国家、人民可以依靠和信赖的国家战略科技力量。70年峥嵘岁月，中国科学院产出了一大批创新报国的科研成果，涌现出一大批创新报国的先进代表和典型事迹，几代中国科学院人共同谱写了创新报国的华彩乐章。

"创新报国"是中国科学院的优良传统。无论是1965年在世界上首次人工合成牛胰岛素，抑或1988年北京正负电子对撞机首次对撞成功，还是2017年构建天地一体化广域量子通信网络，中国科学院人创新报国矢志不渝。以北京正负电子对撞机为例，邓小平在参观北京正负电子对撞机国家实验室时指出："任何时候，中国都必须发展自己的高科技，在世界高科技领域占有一席之地……高科技的发展和成就，反映了一个国家和民族的能力，也是一个国家兴旺发达的标志。"北京正负电子对撞机的建成，奠定了我国在粒子物理学领域的国际领先地位，是继"两弹一星"之后，我国在高科技领域的又一重大突破性成就。党的十八大以来，习近平总书记始终把创新摆在国家发展战略全局的核心位置，指出"科技是国家强盛之基，创新是民族进步之魂"。中国科学院发扬创新报国的优良传统，不辱使命，再立新功，从"中国天眼"、散裂中子源等重大科技基础设施，到"悟空"号暗物质探测器、"墨子"号量子实验卫星、"慧眼"硬X射线调制望远镜卫星等系列科学实验卫星，再到铁基高温超导、多光子纠缠、中微子振荡新模式、水稻分子育种、量子反常霍尔效应等基础前沿重大创新成果，都充分体现了国家战略科技力量的使命担当和实力水平。

"创新报国"是中国科学院人科学精神的集中体现。无论是扎根边疆、献身植物科学研究的蔡希陶先生，坚持实地调研、重视一手资料的地理学家周立三院士，还是时代楷模"天眼"巨匠南仁东先生、药理学家王逸平先生，他们都用毕生的科学实践诠释了求实、创新、奉献、爱国的科学精神。以南仁东先生为例，为了给"天眼"选址，他跋山涉水，在贵州的深山里奔波了12年；身为项目首席科学家兼总工程师，他淡泊名利，长期默默无闻工作在一线。我们要珍惜这些宝贵的精神财富，大力弘扬他们在科研工作中体现出来的科学精神和专业精神，营造良好的创新文化氛围，推动创新文化建设，增强广大科研工作者的历史使命感和责任感。

"创新报国"是中国科学院科学文化的核心理念。科学文化是影响创造性科研活动最深刻的因素，是科学家创造力最持久的内在源泉。基础研究和原始创新要求科学家具有勇于探索、敢为人先的创新精神，严谨认真、锲而不舍的治学态度，无私忘我、甘于奉献的崇高人格，不辱使命、至诚报国的伟大情怀。中华人民共和国成立之初，百废待兴、百业待举。竺可桢、吴有训等一批饱经战火洗礼的爱国科学家毅然选择留在新中国；赵忠尧、钱学森、郭永怀等一批优秀科学家纷纷放弃海外优厚的生活条件，克服重重阻挠回到祖国。在当时十分艰苦的条件下，他们以高度的爱国热忱投身于新中国的科技事业，积极参与新组建的中国科学院的建设，研制"两弹一星"，制定"十二年科技规划"等，使新中国许多空白领域得到填补，新兴学科得到发展。中国科学院70年的奋斗历程，始终依靠的就是这种文化和精神，我们必须珍视和弘扬。

"创新报国"对新时期我国科学文化建设具有重要意义。科学文化本质上是一套行为准则、社会规范和价值体系，包含科学知识、科学方法、科学思想、科学精神等方面。一方面，"创新报国"已经内化为我国科学文化的一部分。"服务国家、造福人民"不但是广大科技工作者的历史使命和社会责任，也是科技工作的出发点和落脚点。另一方面，科技工作者在具体的创新活动实践中，不断深化和丰富了科学文化的内涵。他们所取得的面向世界科技前沿、面向国家重大需求、面向国民经济主战场的创新成果，帮助我们进一步坚定了民族自信和文化自信，为科学文化建设提供了强有力的科技支撑。

五年前，出于提高全民族科学文化素养的共同责任，中国科学院、中国作家协会、中国科学技术协会前瞻性地部署了"创新报国70年"大型报告文学丛书项目，目的是聚焦"创新报国"的主题，回顾我国70年重大创新成就，展现杰出科技工作者群体风貌，倡导科学精神、奉献精神和创新精神，弘扬爱国主义、集体主义和理想主义。

五年时光，倏忽而逝。这期间，作家舟车劳顿、深入基层采风，审读专家埋首伏案、逐字逐句精心审读，中国科学院研究所同志翻检档案、提供支撑保障，中国作家协会、中国科学技术协会、中国科学院机关和工作团队的同志们鼎力支持、居间协调，浙江教育出版社的同志仔细审稿、严控质量。几许不眠夜，甘苦寸心知。而今，"创新报国70年"大型报告文学丛书首批作品即将付梓与读者见面，相信这批融合了科学与文化、倾注了心血与智慧的作品，这套向历史致敬、向时代献礼的报告文学，能让我们重温激情燃烧、砥砺奋进的70年岁月，进一步坚定执着前行、无悔奋斗的信念，去努力实现建成世界科技强国的美好梦想。

中国科学院院长、党组书记

白春礼

中国科学院学部主席团执行主席

2019年6月

目录

一、初恋的感觉

浙西塘源口，有一样东西在2016年G20杭州峰会上获得美誉。那样东西猕猴爱吃，人更爱吃。据说，峰会上的人吃到了这样东西，个个脸上都露出了可爱的笑容。闻知，虽然有些意外和惊喜，但塘源口人很淡定，就像树下的土蜂桶，沉静稳健，从容不迫。

那样东西不用我说，大家应该都猜到了——猕猴桃。

头一回吃猕猴桃，有一种初恋的感觉。初恋的感觉是什么感觉？别问我，问我我也不会说。你初恋时是什么感觉，就是什么感觉。剥开那层薄薄的皮，即露出了翡翠色的肉，黑黑的籽儿向内聚集，密密实实，纹路清晰，紧紧地抱成一团，那团里或是黄色的心，或是绿色的心，或是红色的心，不管什么颜色的心都不要紧。或许，猕猴桃的一切秘密都藏在心里了。轻轻咬一口，微酸甜润的味道，沁入心脾，继而通体清爽。

我在猕猴桃藤架下直起身来，禁不住叫了一声："此地猕猴桃甚好耶！"

塘源口，浙西江山市一个偏远的乡，人口不多，才一万多人，没有什么工厂企业，有的只是绿水青山。然而，绿水青山也是金山银山哪！近年，塘源口因盛产猕猴桃而闻名遐迩。

早年间，塘源口满山满岭都是野生猕猴桃。土地革命时，粟裕曾带领红军队伍打塘源口洪福村经过，村民就把家里屋檐下挂着的腊肉和采来的野生猕猴桃，装在竹篮里送给红军，犒劳这些帽子上戴着闪闪红星闹革命的人。

塘源口的山水实在美极了。用徐霞客的话形容此地，可谓"怪石拿云，飞霞削翠"。深山里，常见猕猴攀岩，黑麂越涧，野猪蹭树，白鹭翻飞。据当地朋友祝君介绍，20世纪60年代，塘源口山林中还曾有老虎出没，老虎咬畜伤人事件时有发生。有村民曾捕获过小老虎，重达60斤。看来，塘源口历史上有虎是证据确凿了——因为，我在祝君提供的一本旧县志中，也惊奇地发现此地有虎的记载。县志云："明万历九年（1581），虎乱。东近括昌界多虎，内一虎有鬣，状如马，啮人甚众。知县易仿之募人捕获，剖腹，有指甲盈升。"好家伙，腹中剖出的人指甲，装了满满一升。升是旧时一种量器。真够吓人的。是不是扯远了？老虎跟猕猴桃有什么关系呢？这个，我还真说不清楚。不过，老虎是生态链的顶级动物。一般来说，在浙西山区有老虎出没的山林，就会有野猪、黑麂、水鹿、猕猴等食草、食野果的野生动物栖息活动。不然，老虎怎么存活呢？

老虎是猕猴的天敌。猕猴要想生存，必须能够获取足够的食物，并且要有足够的智慧和本领逃生，才能免入虎口。而猕猴桃，是猕猴最爱的食物。从生态学角度来说，遍布猕猴桃的山林里，猕猴种群一定兴旺。想想看，猕猴在啃食猕猴桃的过程中，在搬运猕猴桃给小猴吃的过程中，在怀抱猕猴桃逃避老虎追猎的过程中，或许无意间也播撒了猕猴桃的种子。

塘源口民间也把猕猴桃叫作"羊桃""藤梨"。其实，早在唐朝之前，古人对猕猴桃就有所认识。明朝李时珍在《本草纲目》中对猕猴桃的描绘已很具体，他写道："其形如梨，其色如桃，而猕猴喜食，故有诸名。"野生猕猴桃的相貌有些粗鄙，毛茸茸，样子怪怪的，像是顽劣的猕猴的脑袋。

我在塘源口的乡间走动时，在村头，在溪口，在田边，常常看到有野生猕猴桃不受约束地生长，藤蔓肆意蔓延，野性十足。我好奇地弯下腰翻动藤蔓，未见果子。怎么光长藤蔓呀？祝君笑着说，也许是让下山的猕猴偷吃了。他说，这几年，常有村民发现猕猴出没的踪影，猕猴下山偷食猕猴桃已经不是什么新闻了。本来嘛，野生猕猴桃就是属于猕猴的嘛！也算不得偷食呢！祝君说，小时候野生猕猴桃到处都是，采下来就啃，不过，又硬又酸，实在不好吃。后来，妈妈就把刚刚采回来的猕猴桃埋在稻谷里。捂上四五天之后，猕猴桃软了，开始飘出一股芳香。剥皮之后，咬一口，酸甜可口，味道奇绝呀！祝君吧唧吧唧嘴巴，仿佛又回到了童年时代。

当然，今天塘源口的猕猴桃都是人工种植的猕猴桃了。若干年来，专家们已经培育出品质独特、口感甚好的品种，红心的有"红阳""东红"，黄心的有"金艳""金桃"，绿心的有"徐香""翠香"等品种。

塘源口人遵循"生态农作法"，不上化肥，不施农药，不用膨大剂。猕猴桃园里养柴鸡，间种山稻。鸡吃虫，山稻保湿保墒，防止水土流失。鸡粪和山稻稻草沤成肥后还田，增加了土壤肥力，猕猴桃就像吃了补药一样疯长。猕猴桃藤下的草，也任其生长。随着时间的推移，树、藤、草、虫自然就建立起一种稳定的生态关系。

1904年，新西兰人从中国引进了猕猴桃，还改了个名字叫奇异果。新西兰人喜欢这种有趣的水果，在适宜的土地上大量种植，精耕细作，产出的果子也确实好，除了自己吃以外，还大量出口，当然也出口到中国，赚了不少中国人的钱。于是，渐渐地，给人们造成一种错觉，以为猕猴桃原产地在新西兰。错了，错了。——猕猴桃的原产地在中国呀！中国的哪里呢？——当然，我不能一一列举出来，但是，有一个地方是不能不提的，那就是浙西江山，江山的塘源口就是猕猴桃的原产地之一。

20世纪70年代，塘源口乡洪福村一个村民在山上放牛时，用柴刀砍柴，不经意地也砍了几株猕猴桃藤条背回家，扔到后院便再没理会。哪知转年春天，那几株猕猴桃藤条竟然生根发芽，全部活了，一片生机。随它们长吧，那位村民也没有特别在意。三五年之后，那几株猕猴桃的藤蔓覆盖了整个后院，还生生结下了一嘟噜一嘟噜的果子。成熟之后，村民一尝，呀呵，味道不错嘛！于是，他又上山砍回一些猕猴桃藤条，扦插到地里。或许，那位村民自己也没有意识到，他不经意的举动竟掀开了人工种植猕猴桃历史新的一页——塘源口人工扦插种植猕猴桃的历史开始了。至20世纪80年代，塘源口人又分别从江西奉新、江苏徐州引种，选育良种壮苗取得成功。从此，在塘源口人的生活中，猕猴桃占据了重要的位置。全乡有1350户，近四成人口种植猕猴桃，几乎全民经销。猕猴桃成熟的季节一到，塘源口人每天微信上刷屏的就是猕猴桃了。更精明的人已经把生意做到园里地头，甚至做到每棵树上、每枚果子上了。

重庆有个大眼睛女孩子特别喜欢吃猕猴桃。她隔三岔五从全国各地网购，吃来吃去，就有了比较。她执意认为，浙西塘源口的猕猴桃最好吃。这是一个凡事都要搞清楚为什么的女孩子，她要用自己的眼睛看看那些猕猴桃到底生长在什么样的地方。于是，"大眼睛"从重庆坐火车到衢州，从衢州转汽车到江山，从江山再坐汽车到塘源口，从塘源口又坐农用车到洪福村猕猴桃种植基地，终于看到绿水青山间那些静静生长的奇异果子——猕猴桃。"大眼睛"兴奋无比，似乎每个猕猴桃都在朝她笑，问她好呢！

据说，重庆女孩"大眼睛"就是在那次塘源口猕猴桃产地探源之旅中，与塘源口的一位小伙子一见钟情，演绎出一段浪漫的故事。她戏称他"猕猴"，他将她唤作"猕猴桃"。他们每次约会的时候，小伙子都要给"大眼睛"带上几枚猕猴桃。甜蜜和幸福全在那猕猴桃里了。悄悄的话儿，说不完；悄悄的话儿，除了猕猴桃，无人知。

塘源口有自己的秩序和逻辑。塘源口人很节制，对经济发展有自己的看法，节奏稳健，脚步坚实。品质至上，诚信至上。不贪，不妄，不虚，不欺。拒绝一切急功近利的事物，对有损猕猴桃品质的行为坚决说"不"。猕猴桃似乎已内化成塘源口的标志性符号了。朋友祝君指了指自己的脑壳，笑着说，连这个，都越来越像猕猴桃了。我定睛打量一番，嗯，还真有那个意思。是的，猕猴桃不正代表着这片土地上的一种品格和一种精神吗？

不吃猕猴桃，没有人会说你的人生有遗憾。但是，我可以断定，只要你吃了塘源口的猕猴桃，你一准会爱上这种奇异的果子。咬一口，再咬一口，是微酸，是微甜，还是什么？久久回味，心醉体酥。——是那种久违了的初恋的感觉吗？说不清呢。

二、根在哪里

猕猴桃是中国的特产，是山中的奇异美味。

先秦时期的《诗经》中，就有关于猕猴桃的记载，说它是长在浅山低湿地方的一种藤本植物，藤上结果实。还说它的植株柔美多姿，叶色光润，开花时生机勃勃。

原文中有这样的描述："隰有苌楚，猗傩其枝。夭之沃沃，乐子之无知！隰有苌楚，猗傩其华。夭之沃沃，乐子之无家！隰有苌楚，猗傩其实。夭之沃沃，乐子之无室！"用白话文说就是："洼地有羊桃，枝头迎风摆，柔嫩又光润，羡慕你无知好自在！洼地有羊桃，花艳枝婀娜，柔嫩又光润，羡慕你无家好快乐！洼地有羊桃，果随枝儿摇，柔嫩又光润，羡慕你无室好逍遥！"

晋代学者郭璞在注解《尔雅》时，认为"苌楚"即"羊桃""鬼桃"，并将其描述为"……叶似桃，花白，子如小麦，亦似桃"。

《山海经·中山经》中也有一段描述:"又东四十里,曰丰山,其上多封石,其木多桑,多羊桃,状如桃而方茎,可以为皮张。"文中提到的丰山,就在河南省南阳城北15千米处。至今,河南省的许多地方仍称猕猴桃为"羊桃",这确为事实。

到了唐代,诗人岑参在《太白东溪传张老舍即事,寄舍弟侄等》一诗中,对猕猴桃有着更为直接的描述:"中庭井阑上,一架猕猴桃。"全诗是这样写的:"渭上秋雨过,北风何骚骚。天晴诸山出,太白峰最高。主人东溪老,两耳生长毫。远近知百岁,子孙皆二毛。中庭井阑上,一架猕猴桃。石泉饭香粳,酒瓮开新槽。爱兹田中趣,始悟世上劳。我行有胜事,书此寄尔曹。"这首诗不但明确记载了陕西秦岭太白峰一带,在1200多年前的唐代,就有猕猴桃这种植物,而且它传递出一个重要的信息:唐代就已将野生猕猴桃引入到庭院中来栽培了。

北宋年间的官方药典记录了猕猴桃的形态特征以及药用、食用和工业用途等,从其描述中可以判定,猕猴桃是我国山中的野生植物。例如,《重修政和经史证类备急本草》描述猕猴桃的藤蔓沿树生长;它的叶是圆形的,并且有毛;它的果实大小和形状如鸡蛋一般,果实上还有褐色的皮和茸毛,果实经霜冻之后即可食用。

宋代药物学典籍《本草衍义》记载:"猕猴桃,今永兴军南山甚多,食之解实热,过多则令人脏寒泄。十月烂熟,色淡绿,生则极酸。子繁细，其色如芥子。枝条柔弱，高二三丈，多附木而生。浅山傍道则有存者，深山则多为猴所食。"猕猴桃是藤本植物，多依树生长，故常常在低山的路旁就能发现其藤蔓，而在深山中，大多数果实则被猕猴所食。正因为它是猕猴特别喜食的山中野果，所以，它就拥有了一个可爱的名字——猕猴桃。

明代医药学家李时珍在其著作《本草纲目》中说，猕猴桃其形如梨，其色如桃，而猕猴喜食，故有此名。

至清代，植物学家吴其濬在其著作《植物名实图考》中指出："今江西、湖、广、河南山中皆有之（猕猴桃），乡人或持入城市以售。"至此，有确凿证据可以证实，野生猕猴桃是山中的古老美味了。

早先的早先，也就是几百年前吧，在浙江黄岩县（今为台州黄岩区），就有农民将山中的野生猕猴桃，移到自己的房前屋后观察种植的先例。如今，当地仍有树龄超过100年的猕猴桃植株。有人据此猜测，当时未必就移植了那么几株。不过，人工栽培在中国猕猴桃历史上确实只有零星的尝试。

20世纪初，西方植物猎人在中国各地进行广泛采集，其记录充分证实，我国山中的野生猕猴桃的确没有多少被驯化栽培。因此，一直到1978年，我国山中的野生猕猴桃人工栽培面积仍不足1公顷。

然而，没有任何证据表明，日本和韩国的猕猴桃人工栽培就比中国早。两国仅有零星作为观赏之用的猕猴桃栽植记载，比如，在韩国汉城宫廷的花园中，有一株古老的软枣猕猴桃雄株，据称，其树龄已经有600年了。它有着巨大的树干，树干直径有70厘米，主枝竟然有100米长。经专家认定，此树为葛枣猕猴桃模式样本，采自栽培植株，并不是野生的。另有一份有插图的早期报告，将日本东京植物园内的大苍角殿，误认为是一株软枣猕猴桃。除此之外，现有的典籍论证报告也只是表明，日本和韩国有从野生植株上采收果实的记载，并没有将野生植株直接移植到田园或者室内栽培研发的记载。

猕猴桃属自然分布范围广，以中国为中心，广泛分布于南起赤道、北至寒温带（北纬50°）的亚洲东部。其分布格局既属于广泛的北极植物区系，又具有古热带植物区系的组分，体现出中国众多特有属植物的典型特征，即以中国大陆为中心，向外延伸至周边国家。

猕猴桃属植物绝大多数为我国特有种，仅尼泊尔猕猴桃和日本白背叶猕猴桃两个种为周边国家所特有分布。根据生物地理学意义上的分布格局，猕猴桃在我国的自然地域分布，主要是从西南至东北进行划分的，西南地区为云南、贵州、四川西部和南部及西藏，华南地区为广东、海南、广西和湖南南部，华中地区为湖北、四川东部、重庆、湖南西部、河南南部和西南部、甘肃南部、安徽及陕西南部，华东和东南地区为江苏、浙江、江西、福建和台湾，华北地区为河北、山东、山西、北京和天津，东北地区为辽宁、吉林和黑龙江。

事实证明，我国野生猕猴桃的储量非常丰富，根据我国20世纪80年代猕猴桃资源普查的粗略统计，仅中华猕猴桃和美味猕猴桃的野生果实储量就在1500吨以上。

猕猴桃的根在我国，野生储量又很丰富，可为什么在人工栽培方面却被外国人抢了先呢？

三、新西兰的奇异果

先说说标本吧。

全世界已知最早的猕猴桃植物标本，是由法国人英卡维尔（Incarville）于1740年采集的，现存于法国国家自然历史博物馆。

之后，没有任何人对此做过鉴定，谁都不知道它的家在哪里。直到140多年后的1882年才被鉴定出结果。后来，又有人对第一个有花的猕猴桃标本进行了鉴定，鉴定出其为雄株，并且明确指出，是一个叫福琼（Fortune）的人于1845年在中国上海、宁波附近的山上采集的。还有一个果实的标本，则是爱尔兰知名植物采集者奥古斯丁·亨利（A·Henry），于1886年采自我国今湖北宜昌，并将其送到英国皇家植物园——丘园，用作首份猕猴桃物种的形态描述，由当时著名的植物学家奥利弗（D·Oliver）于1887年公开发表。

相对于猕猴桃标本的采集，活体植物的引种、栽培则显得略晚了一些。目前，已知国外最早种植猕猴桃的是1899年法国的一个树木园，其种子很可能来源于当时在我国四川做传教士的一个法国人。

而真正意义上的猕猴桃的引种、驯化、栽培，应始于英国著名植物学家亨利·威尔逊。

威尔逊在1899至1911年间，曾先后4次来到我国。他除了从事大规模的植物采集活动以外，还进行了经济植物发掘的探险旅程。他为英国苗木公司及植物学研究机构，收集了猕猴桃、珙桐、罂粟花、枸杞、华西蔷薇、川木通、大花绣球藤、报春花、槭树、杜鹃花、荚蒾、金丝桃、忍冬、小檗、绣线菊、蓝雪花、瑞香、溲疏、白鹃梅、双盾木、金钟花、猥实、山梅花、丁香等百余属100多种植物，用于西方园林花卉的选育及产业化发展。同时，他还在我国采集了多达65000份植物标本，为西方国家植物标本所用。

1900年，威尔逊将在我国采集到的猕猴桃种子运到了英国，经过3年时间的全力研究、培护、繁殖，培育出猕猴桃幼苗，并于1903年在英国皇家园艺学会上展出。同年，他又将在我国采集、培育的两箱包装完好的猕猴桃苗，通过我国武汉海关，于1904年8月运至美国加利福尼亚州的奇科植物引种实验站。

1904年，一位名叫伊莎贝尔的新西兰女教师到我国湖北宜昌的苏格兰教堂，探访她在那里从事传教工作的妹妹卡蒂·弗雷瑟时，直接或间接地从威尔逊处获得一小袋猕猴桃种子，于1904年1月带回新西兰。正是这一小袋种子，成了世界猕猴桃产业的发端。至今，占全球栽培面积80%以上的"海沃德"品种及仍然被广泛栽培的"布鲁诺"和其他早期品种，如"艾莉森"等，均属于这一小袋种子的分支子品种。

1904—1917年，是猕猴桃在新西兰的引种驯化时期。这一时期，新西兰的许多苗圃都开始商业销售猕猴桃树苗。而他们早期的猕猴桃树苗，大多是停留在新西兰苗圃商人和植物爱好者之间的相互赠送或者交换阶段。

1924年，新西兰逐步掀起了"猕猴桃热"，开始规模化种植猕猴桃。

1922—1926年，新西兰等国猕猴桃嫁接苗开始进入市场。猕猴桃是雌雄异株植物，雌株需要足够的雄株授粉才可能正常结果。从严格的意义上讲，猕猴桃是功能性的雌雄异株，雌株的完全花形态和花粉的败育，使新西兰早期研究猕猴桃的专家因猕猴桃雌株不结果现象困惑多年。后来，他们才逐步认识到了猕猴桃功能性雌雄异株的特性，认为确认雌雄株及嫁接苗运用至关重要。于是，他们就把嫁接苗应用于苗圃销售和栽培生产，并逐步形成了规范，随之，扦插苗也进入市场。

1930年，世界上第一个猕猴桃商业性果园在新西兰建立。可以说，最早提出猕猴桃果品生产的应该是19世纪英国植物学家奥古斯丁·亨利。美国农业部于1922年也提出了建立猕猴桃商业化果园的建议。然而，第一个猕猴桃商业性果园却是在新西兰旺加努伊（Wanganui）建立的，当时只种植了14株。约在20世纪30年代初，该果园就已经生产出了非常好的猕猴桃，并很快开始在新西兰其他城镇销售。随即，猕猴桃便在新西兰其他地区开始种植，尤其是普兰堤湾地区。可是，新西兰这些最早开始种植猕猴桃的果园规模都很小，一般占地面积都不足1公顷。

20世纪三四十年代，猕猴桃在新西兰部分地区零星栽培和试销以后，新西兰农业科研及产业部门开始关注猕猴桃商业栽培前景。高额的市场回报使新西兰果农在普兰堤湾地区大规模栽培猕猴桃，特别是1952年以后，新西兰生产的猕猴桃已经试销到英国和澳大利亚等国，效果非常好。

试销成功以后，新西兰猕猴桃栽培面积迅速扩大，出口数量也迅速增加。以出口到英国的猕猴桃为例，1952年仅为40箱，而1954年就增加到563箱，1960年又猛增到18700箱。

新西兰生产的猕猴桃，销售时一直沿用西方人早期给猕猴桃取的名字——中国醋栗。为了开拓美国市场，1959年，新西兰人开始采用有象征意义的基维鸟命名猕猴桃为kiwifruit，汉语音译为"奇异果"。

从此，在西方市场上，中国原产却被冠上新西兰特征的"奇异果"广泛推介，以至在以后的很长一段时间里，人们都误认为猕猴桃这种特殊的新兴水果源自新西兰。

20世纪50至70年代,新西兰猕猴桃的商业化栽培在基本满足了国内市场的情况下,由于出口需求剧增,遂出现了集约化、规模化、产业化发展的趋势。

20世纪20年代以来,新西兰人先后选育出了"海沃德""布鲁诺""艾莉森""蒙蒂""艾伯特"等一些果型大、商品价值较高的品种,50年代通过新西兰科学及工业研究部的规范命名。60年代他们生产的品种结构为:"艾伯特"占50%,"海沃德"占25%,"布鲁诺"占20%,"蒙蒂"占5%。随着出口数量的增加和市场对品质要求的提高,品质及储运性状较好的"海沃德"品种逐步被众多猕猴桃生产者接受,并开始了大规模的品种更换,致使"海沃德"品种由1968年占栽培总面积的50%提高到1973年的95%,1980年又进一步提高到98.5%,从而出现了全球猕猴桃栽培生产单一品种化的格局。

由于猕猴桃是雌雄异株植物,为获得高产优质的商品果实,新西兰猕猴桃科研人员和果农经过多年探索,认识到充分授粉是猕猴桃高产优质的关键,特别是随着猕猴桃品种标准化研究的深入,确立了以"海沃德"为主栽的品种后,配套雄性授粉品种的选育成为猕猴桃商业化、规模化生产的关键技术环节。因此,20世纪60年代末以后,新西兰人先后选育了以"汤姆利"和"马图阿"为代表的雄性授粉品种。同时,作为确保充分授粉的果园管理技术之一,果园放蜂技术规范也开始应用于果园常规化管理。1971年在普兰堤湾地区,逐步形成了采用果园放蜂辅助授粉的专业化服务公司。

新西兰大规模狝猴桃果园的迅速形成，促进了狝猴桃商业化栽培和国际化市场的销售链，为其采收、包装、储运国际化标准的制定，发挥了重要作用。尤其是0℃贮存技术的确立及采收标准的规范化，为狝猴桃果品的国际化运销提供了有效的技术保障，当时的狝猴桃市场委员会，后来也变成了著名国际营销公司。

1970—2009年，全世界范围内的狝猴桃产业兴起。据可靠资料显示，美国（约1966年）、意大利（1966年）、法国（1969年）、日本（约1977年）先后开始了狝猴桃产业化栽培。20世纪80年代后，商业化栽培进一步向国际化方向拓展，南美、中东等先后开始栽培，同时，中国的狝猴桃产业也从零起步并快速发展。至2010年，逐步形成了以中国（70000公顷）、意大利（27500公顷）、新西兰（13600公顷）、智利（14000公顷），法国和希腊（各约4600公顷）等为主要生产国的全球狝猴桃产业化布局。

真是不可思议啊，原本是中国的本土植物，却被外国人利用了这么多年，并创造出难以估量的价值。——这令中国植物科学家们很是尴尬和愧疚。

四、猕猴桃的价值

猕猴桃是一种医食同源的食物——不是桃，胜过桃；不是药，胜过药。现代研究证实，猕猴桃果实中含有多种维生素、有机酸、多糖及多种人体必需的氨基酸。它的根、叶、茎、花中富含多种生物活性成分，是传统的中药材，可清热利尿，解毒消肿，用于治疗肝炎、水肿、跌打损伤等。

猕猴桃的果实营养丰富，特别是维生素C的含量甚高，有"VC之王"的美誉。果实既可鲜食，又可制成加工食品。果实软熟后食用，不仅风味酸甜适宜，而且香气浓郁。果实中所含的钾略高于香蕉，远高于橙子。同时，果实中还含有丰富的钙，高于几乎所有其他水果。而所含的钠却极少，对改善人们膳食结构中普遍存在的缺钙富钠现象具有重要意义。医学研究表明，猕猴桃的根、茎、叶、果中含有多种生理活性成分，具有抗肿瘤、抗突变、抗病毒、抗脂质过氧化、降血脂及提高免疫力等多种药理作用。

在南方民间，有用猕猴桃根、茎治疗肺癌和消化道肿瘤的偏方。猕猴桃根提取物，对清除自由基、抑制脂质过氧化反应、维持细胞质膜的正常结构、避免细胞的损伤具有很好的效果。猕猴桃果仁油具有显著的调脂作用，以及很强的抗过氧化作用和抑制氧化应激等能力，能够减轻肝脏脂质代谢障碍引起的肝损伤，从而保护肝脏。

猕猴桃果实中含有多糖，这是一种优良的免疫调节剂，有很强的抗细菌感染作用。此外，果实中还含有肌醇，这是一种天然的糖醇类物质，是细胞内第二信使系统的一种前体，在细胞内对激素和神经的传导效应起调节作用，对防治抑郁症有一定的疗效。

研究表明，猕猴桃果实和果仁油的降血脂作用非常明显，能降低血液中胆固醇和甘油三酯的含量，有保护心血管的作用。

猕猴桃果汁能增强胃肠蠕动，促进排便功能，可有效治疗和预防便秘。

猕猴桃富含叶黄素，叶黄素可在人的视网膜上积累，缓解或阻止白内障的发展，有预防白内障的作用。猕猴桃还可以缓解疲劳，对人体大脑有镇静作用。

如今，超市里的猕猴桃加工食品种类繁多。常见的产品有猕猴桃汁、猕猴桃酒、猕猴桃果醋、猕猴桃酱、猕猴桃罐头、猕猴桃果脯、猕猴桃果仁油、猕猴桃祛斑油、猕猴桃冷冻果片、猕猴桃粉等。

需要注意的是，虽然猕猴桃营养丰富，功效不凡，但却不是人人皆可食用。猕猴桃性寒，易伤脾阳而引起腹泻，所以有脾胃病的患者不宜多食，脾胃虚寒者应慎食，腹泻者不宜食用，先兆性流产、月经过多和尿频者忌食。

猕猴桃是富含维生素的水果，而动物肝脏可使食物中的维生素氧化，破坏维生素C的作用。因此，猕猴桃不宜与动物肝脏等食物一起食用。看来，再好的美味，也是有其局限性的。

当然，猕猴桃作为藤本植物，其观赏价值也是不可忽略的。它生长旺盛，覆盖力强劲，花果色泽鲜艳多彩，香气浓郁。它的藤蔓枝条婀娜多姿，适合栽种于庭院、花园、走廊、通道等处，便于营造田园风光。

五、中国：找回丢失的自己

中华人民共和国成立以来，满怀报国之志的科学家，遍布在各条战线上的各个领域。他们在长期的社会生产生活实践中，取得了卓越的成就，做出了重大贡献，为祖国和人民立下了汗马功劳。

"两弹一星"功勋王淦昌、赵九章、郭永怀、钱学森、邓稼先、程开甲、钱三强、陈芳允等，中国近代植物学的开拓者钟观光、"杂交水稻之父"袁隆平、卓越的地理学和气象学家竺可桢、数学巨匠华罗庚、"哥德巴赫猜想"第一人陈景润、中国地质事业奠基人李四光，以及陈焕镛、侯德榜、吴有训、林巧稚、童第周、周培源、陆学善、张大煜、郑作新、张香桐、段学复、朱亚杰、卢嘉锡、吴阶平、王守武、屠守锷、邓锡铭……他们对自己追求的事业无怨无悔、废寝忘食、夜以继日、精益求精，表现出对党和人民的无限热爱，对祖国母亲的无限忠诚。

他们秉承"精忠报国"的精神，怀着对祖国和人民无限的爱，决心讨回中华民族失去的尊严。在我国植物界的猕猴桃领域，有那么一批人，默默地紧咬着牙关，坚强地挺直了腰杆，坚定地迈出了我国猕猴桃人工驯化和新品种选育的第一步。

我国现代猕猴桃资源研究及引种栽培尝试，最早可以追溯到1955年。其时，南京中山植物园开展了猕猴桃引种栽培及生物学特征研究的探索，但此研究没有延续下去，遗憾得很。后来，原始引种的材料也被废弃了。

1957年和1961年，中国科学院植物研究所分别从陕西秦岭太白山和河南伏牛山地区引种美味猕猴桃，进行栽培实验和基础生物学研究，较为系统地研究了美味猕猴桃的形态、生长发育过程、繁殖生物学特征等，获得了一些重要的科研基础数据，并陆续进行了30多年的种子育苗、嫩枝扦插、芽接及高接改造等应用技术的田间实验，积累了我国早期人工栽培猕猴桃的宝贵经验。

相同时期，还有中国科学院武汉植物园、中国科学院庐山植物园、杭州植物园和西北农学院等单位，也都从事过少量的引种栽培试验。

1958年，华中农学院和湖北果树茶叶研究所系统考察了湖北武当山地区的猕猴桃资源，描述了中华猕猴桃自然变异类型。

1959年，福建南平市农业科学研究所调查了闽北地区的光泽、邵武等14个县的猕猴桃资源状况。

1960年，浙江省柑橘研究所调查当地猕猴桃资源，整理了14个猕猴桃优良群系。20世纪70年代后，我国的果树研究工作者们又开始了较为系统的资源调查和资源整理工作，河南、广西和湖北三省的资源考察和收集工作做得尤为出色。

1975年，中国农业科学院郑州果树研究所开始了深入的猕猴桃资源调查工作。

1976—1978年，中国农业科学院郑州果树研究所与西峡县林科所联合国内其他研究单位，首先对河南省南阳市西峡县的猕猴桃资源进行了以大果型栽培品种为目标的株系选择与评价，后拓展到全面摸清河南全省猕猴桃资源状况和野生果实蕴藏量的普查，为全国猕猴桃资源普查奠定了良好的基础。同时，广西林科所和华中农学院宜昌分院也分别于1974和1978年，对广西和湖北山区的猕猴桃资源进行了大果型植株的筛选，开展了有益的前期工作。

随着资源调查的逐步展开，1977年，以河南西峡县为代表的国内猕猴桃规模育苗和栽培生产也逐步展开，孕育我国猕猴桃产业的资源研究随之向纵深发展。

1978年8月，由农业部、中国农业科学院主持的首次全国猕猴桃科研协作座谈会在河南省信阳市召开，来自全国猕猴桃主要分布区16个省、市、自治区的科研、大学、供销、轻工、生产部门的几十名科研及管理专家学者参加了会议，中国科学院及中华全国供销合作总社的代表也参加了会议，并参与了科研及产业发展规划的制定，这标志着我国国家层面的猕猴桃科研及产业发展起步。

这次会议在交流总结1955年以来我国猕猴桃资源调查及引种栽培情况的基础上，分析了国外猕猴桃科研及产业发展现状，制订了我国1978—1985年间猕猴桃科研计划，明确提出了中国赶超世界猕猴桃科研及产业化发展的方向；在猕猴桃资源调查和品种选育、育苗及果园栽培技术、储藏和运销及猕猴桃加工产品等方面，全面部署了科研攻关计划，并特别强调了中国丰富的猕猴桃资源优势对后续产业发展的重要作用，以及猕猴桃医用保健功能的重要性等。随后，成立了由我国已故著名果树资源研究专家崔致学为总协调人的全国猕猴桃科研协作组，由此，我国猕猴桃资源的深入系统研究全面展开。

至20世纪90年代初期，全国大部分省、市、自治区完成了猕猴桃资源调查，基本查清了我国猕猴桃资源的基本状况，并在此基础上，开展了猕猴桃栽培品种的选育，从美味猕猴桃、中华猕猴桃及软枣猕猴桃野生群体中，筛选出1450多个优良单株，成为近代果树品种选育史上大规模立足本土的自然资源，直接从自然分布野生群体中进行品种选育的典型案例，并对以后20多年中国及世界猕猴桃产业的品种结构及产业发展产生了深远的影响。

中国的果树科学家们立足本土丰富的猕猴桃资源优势，在启动全国猕猴桃资源普查之初，就提出了猕猴桃选种改良的创新目标，即以果实品质更优良的中华猕猴桃为突破点，一举超越垄断世界猕猴桃产业栽培的新西兰品种——"海沃德"。

1978—1990年，经过十多年对1450多个野生优选单株的评价、初选、复选、区域试验、果园栽培中试等，至20世纪90年代上半叶，先后命名、确定了一批以中华猕猴桃为主的优良品种，包括中华猕猴桃46个、美味猕猴桃11个，还有200多个优良株系在进一步筛选、培育中。

与此同时，中国猕猴桃商业化栽培从1978年的1公顷起步，1990年已经发展到4000公顷，1996年又猛增到40000公顷，其栽培品种除了一部分引种新西兰的"海沃德"外，主要是我国从野生资源选育中培育出来的新品种。其中，中华猕猴桃品种占25%以上。

由此，我国在少量引种、驯化新西兰美味猕猴桃实现产业化后，成功实现了另一种猕猴桃物种由野生到果园栽培的驯化，并因此改变了世界猕猴桃产业的品种结构。

虽然新西兰于1977年再次从中国通过非正式渠道引进中华猕猴桃获得一批实生单株，并声称从这批单株中选择了雌雄育种亲本，通过人工杂交于1991年在杂交一代中选育获得"园艺16A"——黄果肉的中华猕猴桃新品种，但从品种性状上看，与我国直接从野生品种选种培育没有根本区别。而中国果树学家们早在1985年就从大量的野生群体中选育命名了"魁蜜""金丰""早鲜""怡香""庐山香"等一大批中华猕猴桃黄果肉新品种。

而且，我国科研人员首先发现了中华猕猴桃具有二倍体、四倍体等不同倍性小种的存在，提升了我国选育大果型优质中华猕猴桃新品种的目标性，随即又发现了美味猕猴桃也存在四倍体和六倍体的倍性小种，更进一步提高了我国猕猴桃野生选种的能力和水平。

中国猕猴桃科研和产业的崛起，将更深远地影响世界猕猴桃产业的发展。我国长期以来立足于本土猕猴桃遗传资源研究及其新品种选育工作，所获得的中华猕猴桃红、黄、绿果肉新品种，在全球范围内广泛栽培，推动了世界猕猴桃市场的多样化和消费的多元化，彻底改变了全球猕猴桃产业依赖单一新西兰品种"海沃德"的局面。

中国人花了20年时间，成功实现了中华猕猴桃由野生到大规模商业化栽培的驯化过程。世界猕猴桃栽培品种发生重大改变，已由30年前的单一物种和品种改变为如今15%为中华猕猴桃品种、85%为美味猕猴桃品种的格局。

具有我国自主知识产权的中华猕猴桃新品种"金桃"，通过品种权授权使用，在欧洲及南美地区广泛栽培，有效地均衡了新西兰选育的"园艺16A"试图再次控制全球黄果肉猕猴桃品种生产的局面。

我国在猕猴桃遗传资源的发掘及其新品种选育上的成就，将引领国际猕猴桃科研及产业的发展进程，对世界猕猴桃产业的可持续发展具有极其重要的意义。

世界猕猴桃的科研和生产，正发生着巨大而深刻的变化。我国作为猕猴桃属植物的原产地和栽培猕猴桃品种的源头资源发祥地，曾孕育了全球猕猴桃产业的发端。虽然在猕猴桃引种、驯化100余年的历史中，我国曾经在相当长的时期落后于新西兰和意大利等科研及生产大国，但近20年来，我国的猕猴桃研究专家和企业家们，秉承"精忠报国"的精神，不懈努力，已经改变了当今全球猕猴桃科研和产业的现状。

在科研方面，从全世界20年前的猕猴桃科学文献中，几乎很难查到我国的资料和信息，而如今出自我国的猕猴桃科学论文和研究报告就占到了全球的1/3之多，尤其在猕猴桃属植物基础生物学、系统分类、居群遗传、种群生态、资源地理等许多方面，我国被公认为是世界的研究中心。

在猕猴桃产业方面，我国目前的栽培面积约为24万公顷，占世界栽培总面积53万公顷的45%，已经远远超过了意大利、新西兰和智利等国。

在全球猕猴桃395万吨的年产量中，我国年产量约240万吨，占61%，远远超过意大利（约44万吨）、新西兰（37万吨）和智利（18万吨），成为世界上最大的猕猴桃生产国。

有一点是清楚的，那就是猕猴桃产业旧的秩序已经开始动摇，有理由相信，这种秩序正在颠倒过来。

新的秩序正在建立起来。

六、谁是中国猕猴桃之父

看看他的履历和头衔，就会知道他在猕猴桃界的分量——

黄宏文，1957年1月出生，湖北武汉人。研究员，博士研究生导师，中国植物学会副理事长、国际植物园协会秘书长，曾任国际园艺学会猕猴桃工作组轮值主席、中国科学院植物园工作委员会主任等职。

1979年，黄宏文毕业于华中农学院果树专业，1984年在华中农学校获得农学硕士学位。

1980—1990年，黄宏文在湖北省农业科学院果树茶叶研究所工作，曾任果树室主任，参加过湖北省大别山科技扶贫工作，为大别山湖北地区的科技扶贫做出过突出贡献，曾获1989年"湖北省青年科技精英"称号和1997年振华科技扶贫奖励基金、王义锡科技扶贫奖励基金杰出贡献奖。

1990—1994年，黄宏文在美国奥本大学园艺系攻读博士学位及做博士后研究，于1993年获得博士学位。

1994年以后，黄宏文先后担任中国科学院武汉植物研究所所长助理、常务副所长、所长，武汉植物园主任，华南植物园主任。

黄宏文长期从事植物遗传种质资源研究和果树新品种选育工作，先后主持国家、中国科学院及国际合作重要科研项目十余项。曾发表论文300余篇，出版专（译）著30余部，近年来在 *Science*、*TAG*、*Heredity*、*J.ASHS*等国际重要学术刊物上发表论文10余篇。他选育了12个具有重要商业经济价值的果树新品种，其中"金桃"猕猴桃新品种开创了我国首个自主知识产权果树品种全球品种繁殖权转让的先例。

由他主持的"猕猴桃属植物遗传资源评价、种质基因库建立及育种研究"项目成果，获得2001年度国家科技进步二等奖1项，其他省部级科技进步奖8项。作为研究生导师，他已经培养了31名博士、37名硕士。

他带领的团队创建了猕猴桃资源选育及种间杂交育种新技术体系，攻克了猕猴桃育种难度大、周期长、效率低等瓶颈问题，培育了国际首个商业化栽培的猕猴桃种间杂交新品种"金艳"和后续多个综合性状优良、耐储存的猕猴桃种间杂交新品种，解决了猕猴桃果品货架周期短、保鲜差等短板问题，推动了猕猴桃产业的更新换代，提高了我国猕猴桃的产量和果品质量。

1996年，黄宏文被评为"国家有突出贡献的中青年专家"，1997年获国务院政府特殊津贴，2001年获湖北省农业科技先进工作者称号和中国科学院先进工作者称号，2004年获"新世纪百千万人才工程"国家级人选，2005年获全国先进工作者荣誉称号。

黄宏文心系植物，钟情猕猴桃，为我国植物科学和种质资源的发展奋斗了近40年，双脚踏遍了祖国的山山水水，国际植物学殿堂也留有他清晰的足迹。他学识渊博，结合亲身经历，编著和主编了大量书籍，为我国植物科学的可持续发展做出了巨大贡献。

黄宏文编著的《猕猴桃属：分类 资源 驯化 栽培》一书，作为一部世界性植物专属类志书，全面论述了全球猕猴桃属植物的分类、系统进化、资源分布、物种特征及遗传变异等。同时，由于猕猴桃属于栽培果树，故该书也介绍了猕猴桃驯化栽培史、品种选育及其商业化栽培和管理。该书既注重专属植物志类专著在分类系统、起源进化、遗传变异、区系地理和物种分布格局等方面的系统整理和阐释，也对猕猴桃属54个种、21个变种进行了详尽的描述，配有茎、叶、花、果等彩图，又兼顾了果树大全类专著在引种驯化历史、遗传资源变异、品种选育改良、果园栽培管理与产业格局及果树关键园艺技术等方面的介绍和分析。

全书共分为9章，经过4次修订，保留共约75个分类单元，讲述了美味狝猴桃、中华狝猴桃自1836年建立狝猴桃属以来，分类、分组处理长期未决的问题。书中指出，虽然在狝猴桃属分类修订过程中，曾经分为净果组、斑果组、星毛组和糙毛组，并且在净果组又分为片髓系和实髓系，在星毛组又分为完全星毛系和不完全星毛系，但是，狝猴桃属下分类系统存在明显缺陷。随着新分类单元的发现和自然居群遗传学研究的深入，叶被星毛状况显然是一个相对性状，毛被的程度更是个难以界定的性状，枝髓结构也不是一个确定性的性状，尤其对糙毛组的处理亦相当粗略。狝猴桃属被描述的种和种下分类单元曾多达76种和50个种下单元。最近的研究表明，不论是采用形态特征和分子标记的聚类分析表征树还是采用严格一致树，均趋向将大多数狝猴桃物种按中国北部、长江流域、中国南部、中国东南部和中国西南部等主要地理分布区域分组。

黄宏文主编的《狝猴桃研究进展》系列图书，从1998年以来，至今已出版8卷，每两年一卷，以收集国内狝猴桃会议代表提交的论文为主，内容涉及狝猴桃产业与市场、种质资源与遗传育种、生物技术研究、栽培技术与发育生理以及狝猴桃病虫害防治五个方面。书中所收录的论文是国内外从事狝猴桃研究、管理、开发利用人员近年来的成果或工作积累，针对一些产业发展问题及新技术应用提供建议，是供广大从事狝猴桃科研、教学、推广与生产、市场销售等领域人员参考的重要资料。

该系列图书的首卷以1998年"中国国际狝猴桃研讨会暨第

十次全国猕猴桃科研协作会"论文为基础，系统收集了当时国内外猕猴桃科研、生产及产业化发展的最新信息，同时收入了世界主要猕猴桃生产国及国内从事猕猴桃研究的知名专家对世界猕猴桃产业的现状，面对21世纪猕猴桃研究和利用的发展方向，以及我国猕猴桃科研和产业化发展对策进行深入分析与探讨的论文，对读者全面掌握国内外猕猴桃研究成果和发展动态，指导猕猴桃研究创新和产业化腾飞具有重要的学术意义。全书分五个部分，包括了猕猴桃科研、生产、种质资源、栽培、育种、采收与贮藏、生物技术、病虫害防治等内容，是一部农业院校师生及果树推广和管理工作者不可多得的参考书。

中国科学院武汉植物园位于中国湖北省武汉市武昌区，是集科学研究、物种保存和科普教育为一体的综合性科研机构，是中国三大核心科学植物园之一。中国科学院武汉植物园筹建于1956年，成立于1958年11月，1972年划归湖北省后改名为湖北省植物研究所，1978年回归中国科学院，更名为中国科学院武汉植物研究所，2003年再次更名为中国科学院武汉植物园。

作为中国国家植物资源储备和植物迁地保护的综合研究基地，中国科学院武汉植物园收集保育了植物资源11726种，建成了世界上涵盖遗传资源最广的猕猴桃专类园、世界上最大的水生植物资源圃、中国华中最大的野生林特果遗传资源专类园、中国华中古老孑遗和特有珍稀植物资源专类园、中国华中药用植物专类园等16个特色专类园。

中国科学院武汉植物园猕猴桃专类园占地4公顷，收集保存了猕猴桃属植物61个种及种下分类单元、20个变型和120个国内外中华猕猴桃、美味猕猴桃及软枣猕猴桃、毛花猕猴桃的品种（系），获得种内、种间杂交创新种质资源近5万份。2008年，中国科学院与庐山植物园和云南农业科学院园艺作物研究所等单位合作建立了种质资源分圃，保存了适应不同生态条件的物种。2010年，与湖北省农业科学院果树茶叶研究所共同申请并获批了国家猕猴桃种质资源圃，至今已保存了猕猴桃种质资源1200余份。

作为改革开放以来我国植物界拓荒者之一，黄宏文直接参与了植物界殿堂级基地的发展建设，并在这里实现了自己科学报国的理想。

在黄宏文看来，植物是生态系统的初级生产者，深刻影响着地球的生态环境。只有保护好初级生产者，整个生态系统的运转才能正常，生态系统才会为人类提供更大的帮助。

他说："目前，中国已知的高等植物有34000种，约占全球1/10，毫无疑问，我国是植物多样性的大国。而在这些植物中，植物园就有20000种，且这20000种主要是有用的经济植物。这一数字占中国本土植物科的91%，中国本土植物属的86%，中国本土植物种的60%，这就意味着60%的高等植物都可以在植物园中找到。"

谈到近年来我国在植物保护和利用方面都取得了哪些重要

进展，黄宏文说："在植物保护上，以深圳为例，对极度濒危的兰花、苏铁的保护都取得了重要进展。我花了近40年时间研究猕猴桃，通过不断的引进、改良、杂交，现在市面上已出现了红、黄、绿各种颜色的猕猴桃，而且味道也变甜了。这说明，我国植物园在植物利用发掘方面正大步向前，做到了立足中国本土资源，为经济社会服务，努力满足广大人民群众对更安全、更高效、更营养食品的需求。"

黄宏文指出，植物园有庞大完善的资源系统，植物园作为象牙塔式研究机构的角色正在发生改变，正迈向科学技术和产业结合的方向，要做好前端和源头支持的工作，进一步扩展与中端和后端合作的深度和广度。

他指出，目前，国际上一些经典的植物园正在走下坡路，它们原来最有特色的一点是对植物资源的利用，后来这些功能都消失了，或者被农业研究机构代替了。而我国是植物资源大国，在资源的利用上有庞大的发展空间，所以，我们在植物的发掘利用上还有大量的工作要做，比如新药的发掘、功能食品的开发、大量特种蔬菜和水果的种植、从植物中提炼天然的化妆品等。

然而，对于植物品种的严重退化、数量的锐减和处于极度濒危等状况，黄宏文在2007年就提醒过人们：全球目前有近10万个物种正面临灭绝的危险，占已知物种的1/3。中国约有31000种不包括苔藓植物的高等植物，占全球植物物种的10%左右，其中包括一批对人类具有重要价值的物种，如用于医药、食物、林业及园艺等的植物资源。近40年来，中国高速发展的经济社会，对环境也不可避免地产生了一定的影响和压力。中国极其丰富的生物多样性面临流失的严重威胁，如有总量10%—20%的植物，处于濒危状态需要保护，许多植物物种变得甚至比大熊猫还要珍贵。

根据黄宏文的建议，由中国科学院、国家林业局和国家环境保护总局牵头，中国科学院植物研究所、中国科学院昆明植物研究所、中国科学院武汉植物园、东北林业大学和国家环境保护总局南京环境科学研究院的有关专家组成工作组，在国家林业局"中国野生植物保护行动计划"（草案）和中国科学院"中国植物园植物保护国家议程"（草案）的基础上，完成了针对全球植物保护战略的中国国家层面行动计划，并在第三届世界植物园大会上发布。

英国爱丁堡皇家植物园园长斯蒂芬·布莱克摩尔介绍说，认识到药用植物重要性的不仅仅是中国、印度等亚洲国家，一些西方国家近年来也在加快药用植物的开发步伐，欧洲已有超过1300多种药用植物被医生使用。

中外专家呼吁，积极推进全球药用植物资源的可持续利用，推广非破坏性采集方式、濒危物种人工培育，建立采集药用植物许可证制度等已时不我待。

其实，植物园的发展与人们栽培和应用植物的历史密切相关。中国远古时代的神农本草园、西汉的上林苑、宋朝司马光的独乐园，都可看作植物园的雏形。现代植物园伴随着植物学的发展起源于欧洲。位于意大利比萨，始建于1545年的帕多瓦植物园，被公认为世界上第一座现代植物园。

美国密苏里植物园总裁彼得·雷文博士说："我很高兴地看到，中国正在试图建立一个国家级的植物园网络体系，并逐步进入国际植物园保护网络，从而成为世界植物数据库的重要组成部分。"

黄宏文对此表示说："更重要的是，面对全球性的生态危机，没有一个国家的植物园是孤立的。参照国际植物园保护联盟的相关标准及规定，中国正规划建立一个国家级植物园网络体系，整体提升植物园物种的保护、研发水平。"

黄宏文认为，一个国家对植物资源的研究、认识及其开发利用的程度是国家综合实力的体现。21世纪国家间面临着生物资源的激烈竞争，谁先拥有丰富的植物资源并掌握、保护、利用植物资源的新知识和新技术，谁就掌握了主动权。早年，他带领的课题组选育出了一系列猕猴桃新品种，其中"金桃"就在南美、欧洲等地实现了专利注册，并实现了全球的专利授权产业化栽培应用。

2013年10月，黄宏文及学生钟彩虹博士的项目"猕猴桃种间杂交技术体系构建及新品种培育"结项，成果鉴定会在武汉召开。该项目在解决了花期不育和杂种胚败育两个技术难题的基础上，通过毛花猕猴桃与中华猕猴桃等组合的种间杂交，选育了"金艳"等3个鲜食品种，通过了国家林木良种新品种审定，并研究了配套的栽培技术；选育的"江山娇"等2个观花品种，通过了省级品种审定。其中"金艳"为世界上第一个具有商业价值的猕猴桃种间人工杂交品种，耐贮性强，品质优良。

该项目配合野外调查，利用分子标记等手段，系统研究了猕猴桃在我国的分布及居群遗传特性，定位了我国猕猴桃的4个天然杂交带核心区域，对40多个自然居群进行了杂交种质遗传评价，发掘了一批自然杂交渐渗基因型优异种质资源，为研究猕猴桃的分类演化及品种改良提供了坚实基础。选育出的品种及配套的栽培技术，在四川、河南和湖北等省规模化示范推广，取得了显著的经济效益。

2015年10月，中国科学院武汉植物园猕猴桃资源与育种学科组助理研究员张琼，在研究员黄宏文的指导下，采用山梨猕猴桃和中华猕猴桃种间杂交群体，利用基于第二代测序的RAD-seq技术，构建猕猴桃种间高密度遗传连锁图谱。父母本图谱中各有29个连锁群（2X=58），分别包含4214和2426个SNP标记。该图谱能将猕猴桃基因草图中无法组装的440个"支架序列"（Scafflold）锚定到基因组上，极大地提高了基因组组装的水平。猕猴桃种间高密度遗传图谱不仅为猕猴桃基因组序列精细组装提供了重要参考，也为开展猕猴桃优异性状的数量性状基因座定位研究，挖掘相关候选基因奠定了基础。同时，将群体性别表型标记定位在图谱上，锁定性别相关区段在第25号染色体端粒位置，并开发3个性别鉴定标记，用于猕猴桃植株早期性别筛选，利于猕猴桃分子辅助育种。

钟彩虹对我说："黄宏文老师本身就是一本大部头的书。他的事迹太多了，三天三夜也讲不完。他从事猕猴桃研究40多年了，你想，这样一位有良知并充满智慧的科学家，一位劳碌不歇，不计较个人得失的科学家，那是干了多少有价值的事情啊！几页白纸怎么能够写得下呀！"

七、黄宏文对董卿如是说

在电视屏幕上，很多人看到了这样的场面——中国植物学会副理事长、国际植物园协会秘书长黄宏文，在2019年北京世界园艺博览会首位形象大使新闻发布活动现场，送给北京世园会首位形象大使、中国中央电视台著名节目主持人董卿一棵盆栽的獴猴桃苗。

董卿望着这棵只有手指高、看上去特别不起眼的小苗一头雾水，可她哪里知道，这棵不起眼的小獴猴桃苗，居然是世界上第一个通过种间杂交培育出来的新品种。

黄宏文对董卿说，中国是世界上植物多样性最丰富的国家之一，但我们对自己本土资源的研究发掘还不够，优势发挥得也很少。正因为如此，他坚定了几十年如一日扎根中国植物种质资源研究的决心。他说，这棵獴猴桃苗是世界上第一个通过种间杂交培育出来的新品种，中国科学家有能力在较短的时间内赶超世界先进水平，中国在世界猕猴桃领域要有大作为。其实，做植物学研究就是读万卷书、行万里路的过程。猕猴桃研究的门槛虽然并不高，但是要学有所成，服务社会，必须历尽艰辛、不辞辛苦。没有捷径，不可速成，也靠不了运气，要在大量的实践工作中，发现和探索大千世界里的无穷奥秘。

黄宏文向董卿赠送那盆杂交培育出来的猕猴桃小苗之后，又向董卿赠送了一盆十分罕见的生石花。

董卿说，这盆生石花是黄宏文在澳大利亚考察时所得，是黄宏文从十七八岁时就开始与植物打交道的见证。黄宏文从事植物研究一辈子，他最大的体悟是：人类依赖植物，而植物却未必需要人类。可是，植物给予人类的一切，我们却把它当成了"理所当然"。

黄宏文向董卿讲述了一件有意思的事情，他多年前在野外考察时，在澳大利亚的西部荒漠里，看到一大片长得非常繁茂的茅膏菜。在那样恶劣的环境下，茅膏菜究竟靠什么营养和能量长得如此郁郁葱葱呢？原来，在千百年的进化过程中，为了汲取环境中极度缺乏的氮肥营养，茅膏菜逐渐形成了捕捉动物的能力。所以，就有了会吃虫子的茅膏菜。

董卿说，这是她第一次这么近距离观察生石花。

董卿敬畏地弯下腰，仔细观察这盆生石花，见一片厚壮的叶子上裂开了一个小口儿，便很想用手去摸摸它，却又担心这片"生石花"叶子会咬住她的手指。

　　黄宏文把这盆"生石花"送给董卿，是希望她主持的《草木卿缘》栏目，能抱有一颗像"生石花"一样坚定的心，去完成为植物发声，为北京世园会代言的使命。

　　黄宏文当场为专栏写下了这样一段话："建立生态文明不是一个抽象的概念，需要人类社会共同面对挑战，共同创造知识，共同解决问题。人类依赖植物，而植物未必需要人类。保护植物、善待植物就是保护人类自身，善待人类的现在与未来。"

　　如果说，早在1955年，中国科学院南京中山植物园就已经开始了对獼猴桃植物的引种栽培及生物学特征的研究，那么1957、1961年，中国科学院植物研究所分别从陕西秦岭太白山和河南伏牛山地区，引种美味獼猴桃在北京进行栽培实验和基本生物学研究，就是较为系统的早期人工栽培獼猴桃的尝试，并且积累了宝贵的经验。

　　如果说，1970年以前我国獼猴桃产业研发算是正式起步的话，那么到了1978年8月全国獼猴桃研讨会的召开，就算是我国獼猴桃产业大踏步前进中的一个小高潮，今后的发展方向和战略目标已经明确。

八、猕猴桃战略

20世纪80年代，我国政府部门主导的猕猴桃资源选种计划提出了两个明确而长期的发展目标：开展全国性的种质资源普查及猕猴桃资源编目，选育出比新西兰在1904年年初从中国引进资源中选育出并广泛栽培的"海沃德"品种性状更优良的栽培新品种。

国外首次成功引进中华猕猴桃，是在1977年，通过新西兰科学和工业研究部，由麦肯齐从中国把种子带回新西兰的。从他带回的这批种子中，新西兰人总共培育出43株可栽培的植株。而后几年，这些植株大量结果。可以肯定，这是中华猕猴桃第一次在中国境外批量结果。部分猕猴桃植株，至今仍然保存在新西兰植物与食品研究所的猕猴桃种质资源圃中。如今大量栽植的新品种"园艺16A"，可能就是直接来自这批引入新西兰的中华猕猴桃。以后又有更多的中华猕猴桃种子、苗木等，被引种到法国、意大利、日本、新西兰和美国等地。

1995年以后，在没有品种繁育权保护的情况下，我国新品种"庐山香""江西79-1""金丰"等，在美国的加利福尼亚州南部开始种植，并在洛杉矶市场上销售。

目前，国外形成商业化规模栽培的品种有两个，即中华猕猴桃"金桃"和"园艺16A"。"园艺16A"最早是在新西兰种植，经过品种授权，后来也在法国、意大利和日本等国家种植；而"金桃"是我国第一个实现全球植物品种保护、具有自主知识产权的猕猴桃新品种，经过品种授权有偿使用，首先在意大利及其他欧洲国家规模化栽培，然后再推广到其他国家种植，如南美的智利等国，以确保国际市场的常年供应。

"金桃"和"园艺16A"这两个黄果肉型品种进入国际市场后，彻底改变了新西兰"海沃德"在猕猴桃国际出口市场的垄断地位。长期来看，这个变化会从根本上使新西兰从"唯一的猕猴桃生产出口国"转变为"猕猴桃生产出口国之一"。世界各地的零售商和消费者的视野，也将从单一的"海沃德"猕猴桃转向两个互补型的猕猴桃（绿果和黄果）市场。随着新品种（如中华猕猴桃的红肉品种）的不断出现，市场产品的多元化竞争也会更加激烈。

另一个猕猴桃品种毛花猕猴桃，则在我国从1980年猕猴桃资源普查时就受到广泛关注，并开始了驯化和培育的过程。根据史书及近代果树学的记载，我国仅有对毛花猕猴桃的零星野生采集，似乎从没对其进行过人工栽培。而毛花猕猴桃由于比其他商业栽培的猕猴桃具更高的维生素C含量，且具备果实和植株较大（果实重可达约60克）、果皮容易剥离、贮藏性能较好等优良特性，受到我国广大猕猴桃育种者的青睐。育种者对其进行了大量的野生选优培育研发工作。

虽然新西兰多年来也将毛花猕猴桃作为美味猕猴桃品种改良的育种材料，但限于资源贫乏，育种改良进展非常有限。

20世纪80年代以来，我国进行了多年选育研究。目前浙江省农业科学院园艺研究所选育的毛花猕猴桃"华特"品种，平均果重达94克，维生素C含量达628.37毫克/100克鲜重，表现出良好的商业栽培前景，已经开始规模栽培。

世界猕猴桃商业栽培面积近几年持续上升，据联合国粮食及农业组织统计，2010年世界除中国以外的猕猴桃种植总面积是8.8万公顷，而中国在2009年就有7万多公顷的猕猴桃果园。根据《世界猕猴桃年鉴》（2011年版）统计，世界主要生产国的猕猴桃果园栽培总面积约为16万公顷，其中，中国约为7万多公顷，意大利约为2.7万公顷，智利约为1.4万公顷，新西兰约为1.36万公顷，世界其他地区（主要为法国、希腊、日本、美国、伊朗、韩国）的总面积约为3.4万公顷。

数字是枯燥的，但数字有时是很能说明问题的。

九、知己知彼

2000—2010年，世界獴猴桃种植面积呈现持续稳定增长的态势，且表现为南北半球同时增长的局面，北半球的中国和南半球的智利增长尤为显著。另两大主产国意大利和新西兰，也有较大幅度的增长。但日本和美国种植面积却呈现下降的趋势，分别下降了20.6%和33.4%。

我国獴猴桃产业的发展速度和规模令人瞩目，种植面积迅速增长，1978年我国獴猴桃种植面积不足1公顷，1990年总种植面积增长到4000公顷，1996年达到4万公顷，2002年达到5.7万公顷，2003年达到6.1万公顷，2004年达到6.4万公顷，截至2010年，超过了7万公顷。

目前，中国已成为世界上獴猴桃主要种植区。仅陕西一个省的獴猴桃种植面积，就超过了新西兰。

此间，我国商品獴猴桃产量从15.2万吨增加到49.2万吨，占世界猕猴桃总产量的28%。我国还有许多猕猴桃园仍处于幼年期，未达到成年期的产量，与其他国家相比单产还很低，所以，随着时间的推移，我国猕猴桃商业果园的产出潜力将更加凸显。据《世界猕猴桃年鉴》分析，今后的几年，中国的猕猴桃产量将突破50万吨，增加到世界猕猴桃产量的25%。显然，我国将在世界猕猴桃产业的迅速发展中起到至关重要的作用。

新西兰的猕猴桃产业最初是建立在美味猕猴桃品种种植基础上的，更确切地说，是从大约1975年开始仅仅基于"海沃德"这个单一的品种种植。目前国际猕猴桃市场上，"海沃德"依然占据主导地位，约占整个世界猕猴桃贸易的90%以上。这种一个产业如此依赖于一个单一品种的情况，在世界上是非常少有的。虽然还有一些其他的美味猕猴桃品种，但种植规模都很小，如意大利的"顶级明星"（Top Star）及新西兰的"托穆"（Tomu），在市场上都微不足道，而且"托穆"已经在商业化种植中被淘汰掉了。最近，也有美味猕猴桃新品种开始种植，如意大利的"夏季猕猴桃"（Summerkiwi），但由于还没有到达盛产期，所以还无法评估它的市场前景。我国猕猴桃种植面积的增加，正在改变全球猕猴桃的种类及栽培品种的结构。在我国，目前商业化栽培的猕猴桃品种24%为中华猕猴桃系列，67%为美味猕猴桃系列，其余的9%不详。在其他国家，占绝大部分的是美味猕猴桃，中华猕猴桃的种植面积目前总计不超过3000公顷。所以，包括我国在内的世界猕猴桃种植面积大约

15%为中华猕猴桃，85%为美味猕猴桃。

目前，除中国外，中华猕猴桃的主要品种为"园艺 16A"和"金桃"。"园艺 16A"以"佳沛"黄果商标出售，2002年新西兰出口2.7万吨，2003年3.1万吨，2004年超过5万吨。2011年新西兰黄果的出口量约占整年新西兰猕猴桃出口量的22%，达到国际猕猴桃市场交易量的6% ~ 7%。2010年6月，新西兰佳沛公司对外宣布"绿肉14号"（Green14）（绿果肉品种）、"黄肉3号"（Cold3）（早熟黄果肉品种）和"黄肉9号"（Cold9）（晚熟黄果肉品种）三个新品种已在国内改接550公顷，占总种植面积的4%，另两个红果肉品种正处于开展商业化栽培前的中试阶段。

十、绿黄红：孰优孰劣

"金桃"是目前国外广泛栽培的黄果肉主栽品种。

在欧洲，"金桃"的商业化生产起步于意大利，种植了500公顷；之后，又拓展到南美洲的智利和阿根廷，种植了几百公顷。目前，全球范围内种植的"金桃"面积，已经超过了1000公顷。2010 年，意大利金桃公司正式与中国企业合作，在中国拓展"金桃"的种植，栽培面积迅速扩大。目前，相对于意大利的猕猴桃总量，"金桃"的产量正在快速增加，意大利金色联袂猕猴桃集团计划在接下来的10年中，将"金桃"种植面积扩大到几千公顷，产量增加到几十万吨。"金桃"正以"来自中国的金桃——第三千年的猕猴桃"的广告热销、推广，并且在智利建立了种植基地以保证周年供应。从国际市场现有的两个黄果肉主栽品种"园艺16A"和"金桃"的栽培适应性和抗病性来看，西方猕猴桃专家曾经预测"金桃"将取代"园艺16A"，成为国际商品栽培的黄果肉品种，其依据是"金桃"是中华猕猴桃四倍体，而"园艺16A"为二倍体，四倍体"金桃"具有广谱环境适应性和抗病性的显著优势。现有的研究表明，除了新西兰得天独厚的气候条件，"园艺16A"品种在欧洲和南美洲一些地区的栽培表现欠佳，且果园管理的成本也在加大。

目前，世界猕猴桃4个主产国中，有3个主要依赖出口。新西兰的国内市场相当小，年生产猕猴桃的90%用于出口，意大利和智利的出口也各占其总产量的75%。虽然猕猴桃品种日趋多元化，但以出口为导向的世界猕猴桃产业仍然以"海沃德"为主。

与此相反，我国的猕猴桃产业则主要供应国内市场。至今，我国猕猴桃出口量非常有限。所以，我国没有像其他三国的压力，必须规范化1～2个品种以便于适应出口商品的要求。中国的猕猴桃种植多样性更强，但随着消费市场的选择，猕猴桃商业栽培的品种也逐渐集中到少数的主栽品种。近几年推出的种间杂交种的黄果肉品种"金艳"和美味绿果肉品种"翠香"是后起之秀。"金艳"因果实综合商品性突出（果实极耐贮藏、货架期长等），近几年迅速发展到2万亩以上；"翠香"因果实风味浓甜，且果品在市场上深受消费者喜爱，种植面积迅速扩大。

而其他品种的栽种面积在逐年减少，原来中国种植面积最大的品种"秦美"，虽仅由2008年2万公顷减少到目前的1.9万公顷，但种植比例却大大降低，由2008年占全国总面积的30%降低到目前的16.6%。而"海沃德"和"红阳"的种植面积却迅速增加，分别由2008年的9600公顷和4900公顷增加到2010年的24643公顷和17833公顷，分别增加了156.7%和263.9%，占全国总面积的21.5%和15.5%。两个来自新西兰的美味系列品种"海沃德"和"布鲁诺"，现在仍约占中国猕猴桃种植总面积的23%，主要原因是这两个品种的果实极耐贮藏，有利于经销商销售。

以猕猴桃绿肉果实为主导的传统市场格局，正在发生改变。猕猴桃市场已经按果肉颜色划分产品了。迄今，美味猕猴桃系列的果实是绿果肉的，只是在颜色深浅上有些差异。偶然突变体也会出现一些例外，如"Goldy"的果实不含有叶绿素，而显黄色。一些天然株系的中华猕猴桃，在成熟时，同样也有绿果肉果实（如"武植3号""翠玉"），但大多数中华猕猴桃的果肉颜色都是从浅黄到金黄不等。例如，"金丰"果实的果肉在成熟时呈金黄色。就果肉颜色而言，世界上近90%的猕猴桃（多数为美味系列品种，极个别为中华系列品种）是绿果肉的，其余则是黄果肉的（都是中华猕猴桃系列品种）。中国以外的猕猴桃生产中，大约有5%的果实是黄果肉的。

迄今为止，在中国以外的其他国家，"园艺16A"曾是产量较大的中华系列的黄果肉品种，但随着"金桃"的商业化推广，并在欧洲和南美洲栽培面积迅速增长，这种格局也在发生着变化。同时，自2007年开始，由中国科学院武汉植物园育成，并由四川中新农业科技有限公司推向市场的黄果肉新品种"金艳"

的种植面积，短短5年间已迅速发展到1334公顷，预计在未来的3年内，将迅速扩大到几千甚至上万公顷。对消费者来说，除了果面绒毛外，以"海沃德"为代表的绿果肉品种与以"园艺16A"和"金桃"为代表的黄果肉品种之间的果肉颜色区别，要比中华与美味品种之间的其他外观区别更明显，印象更深刻。

新西兰佳沛公司的市场策略，就是以果肉颜色划分为基础的，即以 Zespri Green推介"海沃德"、以 Zespri Gold推介"园艺16A"品牌。"园艺16A"的风味与传统的绿果"海沃德"有明显的不同。这种市场推介策略可能导致消费者将不同果肉颜色的果实直接与不同的风味相联系。

中华系列与美味系列品种中的某些株系或品种，在其果心周围有一红色环带，环带的强度、宽度及花青素含量，因株系或品种而异。其中，最突出的就是中华獼猴桃系列的"红阳"品种。目前，"红阳"在中国已大约种植上万公顷，主要集中在四川，其他省份也有少量栽培，是中国种植最为广泛的中华獼猴桃系列品种。但由于大多数植株处于幼树阶段，其果实出口量很有限。另外，"红阳"果实贮藏性能差，且商业运销中损耗大，导致其综合商品性能的缺陷比较严重。

近年来，我国加快了对红果肉獼猴桃品种的选育和改良的研究，当前至少有5～8个优良红果肉株系在獼猴桃产业区试种过程中，预计不久将投放市场。中国科学院武汉植物园最新选育的红肉獼猴桃品种——"东红"，在国内外市场受到消费者的青睐。这些新品种投放市场后，以猕猴桃果肉颜色划分市场产品品质的优劣将渐成趋势，猕猴桃市场的格局将发生重大变化。

科技，从来都是一个国家是否强大，是否发达的鲜明标志。科技离不开创新。创新，是一种变革的过程，是一种多样的选择，也是一种开拓的精神。

创新报国。创新是引导发展的第一动力，是建设现代化经济体系的战略支撑。

不创新不行，创新慢了也不行。如果不识变，不应变，不求变，就可能陷入战略被动，错失发展机遇。

——这就是植物园猕猴桃的故事告诉我们的道理。

十一、金桃梦，不是梦

黄宏文做过许多甜蜜的梦，每一个都与研发中华獴猴桃系列品种有关。

如今，美梦一个个都成真了。中华獴猴桃系列品种已经成了世界獴猴桃市场上的"公主""骄子"。

说起黄宏文和他带领的团队研发中华獴猴桃系列品种这段往事，还要追溯到40多年前的改革开放初期。

1978年8月，中国历史进入一个拐点，改革开放，人心所向，大地一片欢腾。

在一个秋风劲吹的上午，农业部、中国农业科学院主持的全国獴猴桃科研协作会在河南省信阳市隆重召开，参会者有中国科学院及全国供销合作总社的代表，有来自全国獴猴桃主要分布区16个省、市、自治区的科研、管理、大学、供销、轻工、生产部门的专家、学者。

这次座谈会在交流总结新中国成立以来我国猕猴桃资源调查及引种栽培情况的基础上，分析了国外猕猴桃科研及产业发展现状，制订了我国1978—1985年猕猴桃科研计划，明确提出了中国赶超世界猕猴桃科研及产业发展的方向；在猕猴桃资源调查和品种选育、育苗及果园栽培技术、储藏运销及猕猴桃产品加工等方面，全面部署了科研攻关任务，并特别强调了中国丰富的猕猴桃资源优势对后续产业发展的重要作用。这次座谈会的成功召开，标志着我国国家层面猕猴桃科研及产业发展的起步。

当然，也就是在这一历史时期，黄宏文与中华猕猴桃的研发项目结缘。从此，黄宏文带领他的团队，满腔热情地踏上了中华猕猴桃系列品种的研发之路。

有史以来，为小小水果冠之以国名者不多。一般来讲，为地方特产冠之以地名，此乃专利，主要属国内独享；而为地方特产冠之以国名，这就意味着与全世界都有着密切的联系了。一种小小的猕猴爱吃的水果，与全世界都有着密切的联系，这可不是一件小事情，非常值得关注。因此，以黄宏文为首的国内一批植物科学家就将目光聚焦到了这种小小的水果身上，用了几十年的时间，竭尽全力，激活基因资源，采用一切科技手段，使这种能够承担得起大国之名的小小水果一度金光闪耀，以"金桃""金艳"为代表的中华猕猴桃系列品种的产业大军也异军突起，并形成产业链，大放异彩。

据《中国植物志》记载，中华猕猴桃是野生猕猴桃的原变种，又名光阳桃、阳桃、米阳桃、藤梨子、羊桃、狐狸桃、布冬子等，它属于植物界、被子植物门、双子叶植物纲、桠果亚纲、山茶目、山茶亚目、猕猴桃科、猕猴桃属植物，在中国多地均有大面积种植。

中华猕猴桃的根在我国，是我国珍贵的本土植物之一，在我国的认识和利用过程至少已有1200多年的历史。迄今，经黄宏文等植物科学家的研发，中华猕猴桃系列品种已经成为一种闻名世界的特色水果和高档食品加工原料了。

中华猕猴桃系列品种的果实呈黄褐色、青色、灰青色等多种颜色，果肉呈金、红、黄、绿等多种颜色，果实形状呈长圆形、近球形、圆柱形、倒卵形或椭圆形，果长一般为4～6厘米，被茸毛、长硬毛或刺毛状长硬毛，成熟时或秃净或不秃净，或具有小而多的淡褐色斑点或没有斑点。

近一个世纪的猕猴桃产业发展中，新西兰选育的猕猴桃品种"海沃德"主导了全世界猕猴桃的生产和市场。而约在100年后，以黄宏文为代表的中国植物科学家和园艺育种学家们，通过几十年的辛勤工作和明确的科研战略定位，研发了以"金桃"为代表的中华猕猴桃系列品种。中国"金桃"系列的诞生，终使新西兰猕猴桃品种对世界猕猴桃产业近一个世纪的垄断地位开始动摇了。

那还是在2003年的10月底，黄宏文应意大利金色联袂猕猴桃集团的请求，赴意大利洽谈"金桃"猕猴桃品种专利问题，研究在欧洲产业化期限和拓展南美市场的专利转让合同一事。经过一个星期的谈判，双方最终确定：中国科学院武汉植物所研发的"金桃"猕猴桃品种，在2000年限定欧盟国家以17.2万美元转让10年的品种繁殖权后，继续以每年13600欧元的专利费，在欧盟国家延长至2038年；南美市场首期3万欧元，以后按每公顷500欧元收取转让费；以竞争性专利转让价格拓展北美和亚洲市场。

2003年11月17日，新西兰驻华大使来到中国科学院武汉植物所，大使说，他是在听取了新西兰植物与食品研究院及猕猴桃产业界的介绍后，慕名来访的。中国科学院武汉植物所近年来在猕猴桃新品种的研发方面取得了举世瞩目的成就，黄宏文研究出的猕猴桃新品种在欧洲的专利和转让推广，正在改变着世界猕猴桃产业的格局。

意大利和新西兰这两个世界上主要的猕猴桃生产和出口国，同时关注中国科学院武汉植物所的猕猴桃科研工作，显示出中国科学院武汉植物所的猕猴桃科研进展已经对世界猕猴桃产业产生了深刻影响。事实上，中国科学院武汉植物所培育的猕猴桃新品种"金桃"，在欧洲市场已经打败了新西兰花巨资培育出的第二代猕猴桃新品种。在意大利，由两个国际种苗企业和四家水果包装储存营销企业组成的意大利金色联袂猕猴桃集团，其商业运营的核心就是采用"金桃"占领国际市场。该公司从

2000年购买了"金桃"专利使用权后，立即在欧洲推出了主打广告词：来自中国的"金桃"——第三千年的狝猴桃。

如果说1978年在河南省信阳市召开的狝猴桃座谈会拉开了我国狝猴桃资源调查和资源开发利用的序幕的话，那么，中国科学院武汉植物园狝猴桃资源圃及育种中心，作为目前世界上保存狝猴桃资源最丰富的国家资源圃，就理所当然地成了世界狝猴桃研究的中心。而中华狝猴桃"金桃"的诞生和系列狝猴桃新品种的诞生，更是将我国狝猴桃的研发成果推上了新的高峰。

20世纪90年代初，正在美国读博士的黄宏文学的是园艺作物遗传育种，他特别关注国际上农作物品种专利保护的规范方法，对本国的植物资源育种成果如何走向世界产生了浓厚的兴趣。当他注意到新西兰等主要狝猴桃生产国开始关注原产中国的中华狝猴桃黄肉资源时，便立即开始整理自己前期积累的中国狝猴桃资源考察资料，思考我国狝猴桃品种的发展策略，并确立了中华狝猴桃物种四倍体自然居群选育优良品种的思路。1994年回国后，他立即投入到狝猴桃特殊遗传资源的研究及育种工作中，"金桃"的选育成功，正是由于其四倍体所具有的众多优良性状，优于新西兰花费巨资、耗时20多年培育出的二倍体新品种"园艺16A"。

2002年，在武汉召开的第五届国际狝猴桃研讨会上，黄宏文作为当时的国际园艺学会狝猴桃工作组主席和会议主席，自豪地宣布，中国人自20世纪70年代末开始的猕猴桃资源调查和新品种研发工作，取得了重要进展，我们利用自己丰富的猕猴桃野生资源选育的黄肉猕猴桃新品种，在综合商品性状方面，已经可以与新西兰新开发的第二代新品种媲美。

中国已经成为世界最大的猕猴桃生产国之一，中国人用20多年的时间，走完了西方人60年实现猕猴桃产业化的道路。

十二、种中国的果，何以侵外国的权

不过，也有心痛之处啊！

长期以来，我国植物资源保护因立法和执行力度的缺陷造成的资源流失，使国家未来自主产权的生物产业可持续发展存在着潜在风险，特别是我国农业品种专利保护立法和国际规范保护存在的不足，使得本可以在国内发挥经济效益的猕猴桃新品种却先在国外获得专利转让。

"金桃"的成功研发，开启了我国中华猕猴桃系列品种的大量研发培植之路，尤其是"金桃"系列品种栽培，可谓大放异彩。2003年11月4日，《人民日报》的《国产猕猴桃翻身仗：告别"种中国果，侵外国权"》，报道了"金桃"系列品种栽培的故事。

文章说，我国虽然拥有丰富的遗传种质资源，但从基因资源中分离出的基因和培育的品种相对较少，不受国际专利保护，水果质量也不好，导致猕猴桃产业长期在低水平徘徊，部分地区甚至出现了滞销和砍树的现象。少数种植户也曾尝试种植新西兰等国的品种，却因侵犯专利权而遭受惩罚，导致了"种中国的果，侵外国的权"的尴尬局面。

1978年，中国科学院武汉植物园的黄仁煌教授，加入全国猕猴桃种质资源普查工作，在园内建立起2公顷的种质资源圃，开始了对猕猴桃属植物长达38年的系统研究。猕猴桃研究中心于1980年成立，汇聚起国内大批技术骨干，他们进深山、钻密林，总共收集、保存了400多份野生资源和新品系。为了用好这些"金枝玉叶"，他们先通过种子繁殖、硬枝嫩枝扦插和嫁接解决了种苗问题，又从野生资源中筛选出系列优良品系"武植1—6号"，开展大量的种间种内杂交工作。

功夫不负有心人。1992年，黄仁煌带队赴新西兰参加了第二届国际猕猴桃研讨会。会上，不少外国人发现，原来猕猴桃的"故乡"也有研究的力量。于是，国际交流合作就逐步开展起来。1997年，在黄宏文的带领下，猕猴桃科研团队承担了中欧科技合作项目，帮助中国科学院武汉植物园在挽救濒危猕猴桃资源方面取得进展，扩建的种质资源圃中保存的猕猴桃属植物数量也从29个上升到53个，种质材料由383份发展到745份。其中，提供给意大利的10个猕猴桃株系接穗在欧洲土地上表现出色，果形和含糖量都超过了新西兰的王牌品种。表现最好的是"金桃"品种，一家意大利公司掏出17.2万美元买下了其在欧洲市场10年的繁殖权，2005年该公司又买下"金桃"的全球繁殖权。猕猴桃首先在科技上实现了"走出去"，"中国的果"终于有了"中国的权"。

"金桃"走出去了，"墙里开花墙外香"的尴尬却来了。因为专利权的缘故，国内要推广种植，还是得向外国公司交钱。

十三、"金艳"和"金梅"

经过22年的持续研究，国际上首个具有商业价值的种间杂交猕猴桃新品种"金艳"于2006年通过审定，并向农业部申请了品种保护。

这个黄肉品种风味优良、耐贮性强，刚一问世，就被四川中新农业科技有限公司参照"金桃"的全球开发模式，收购了繁殖权和开发权。研究员钟彩虹从湖南省农业科学院来到中国科学院武汉植物园接到的第一个任务，就是在四川省蒲江县点燃猕猴桃产业化的星星之火。

可是，当钟彩虹兴冲冲地带着"金艳"到蒲江时，却碰了钉子。

蒲江县农民根本不相信种植猕猴桃能致富。钟彩虹深知，能打消农民疑虑的只有"成果"。在她的悉心照顾下，虽然只种植了15亩示范田，第二年初果期亩产却达到400千克，按照每千克26元的出园价计算，每亩收入过万元，如果到了盛果期，亩产可稳定在2000千克左右。

听到这个消息，整个小县城都沸腾了。

60岁的夏存明，是蒲江县最早加入猕猴桃种植的农户之一，也是钟彩虹最早的"学生"。他说："当时听了课，心想，一有好品种，二有公司牵头，三有政府支持，没什么可怕的。"现在，老夏种了60多亩猕猴桃，"金艳"就占到了40亩，产品销售到全国各地。

仅仅几年，蒲江县猕猴桃种植面积就已经发展到10万亩，产量达到7万多吨，形成了栽培生产、分选包装、冷链物流、市场销售的全产业链发展格局，后来的"柳桃""佳沃"等国产品牌加入，更是打破了新西兰品牌长期对高端猕猴桃市场的垄断局面。"蒲江的猕猴桃，把科技成果转化成了田间地头的生产力。"四川阳光味道果业有限公司总经理对此深有感触地说。

湖南省花垣县十八洞村地处湘西，山高路远，"人均八分田，还不连成片"，扶贫任务艰巨。村里经过深思熟虑，决定种植猕猴桃，实现产业脱贫。花垣县政府带领村民先后走访了中国科学院武汉植物园和四川省蒲江县，学技术，看产业，取"致富经"。

说干就干。十八洞村按照"公司＋集体＋农户"的模式，把过去一次性补贴变成"生钱"的股本，形成了公司、集体、农户的产业扶贫"小三角"。

"金梅"是中国科学院武汉植物园黄宏文猕猴桃研究团队决定在花垣县推广种植的中华猕猴桃品种，其特点是成熟期比母本品种"金艳"早3至4周。在瞬息万变的水果市场上，短短几周的"时间差"就能带来不少的收益。在钟彩虹老师的介绍下，蒲江的四川阳光味道果业有限公司与花垣县十八洞村苗汉子果业有限责任公司签订了包销合同。武汉、花垣和蒲江，虽然距离遥远，却形成了技术、种植、产业稳定的"大三角"。

村民石永鑫最近不去外地打工了，而是选择在村里的猕猴桃基地做起了"陪管户"，负责照看基地里的树苗，每个月有四五千元的收入。"主要想把技术学到手，以后发展自己的果园。"说起未来的打算，石永鑫信心满满。

"跟着猕猴桃走"的不止湖南的花垣县。贵州的六盘水和毕节、安徽的金寨、湖北的丹江口和浠水、云南的屏边等地，也都留下了中国科学院武汉植物园黄宏文、钟彩虹猕猴桃科研团队的身影。他们目前在8个国家级贫困县开展了中华猕猴桃新品种的推广和示范种植，已经建立了12个核心标准的种植基地，帮助众多贫困地区走上了产业脱贫之路。

十四、话说中华狝猴桃

其实，中华狝猴桃并非专指"金桃""金艳""金梅"，而是一个系列。中华狝猴桃系列主栽品种是指"金桃""园艺16A""红阳""华优""金艳""金圆""金梅""翠玉""早鲜""魁蜜""金丰""楚红""武植3号""东红""红华""红什"等。在这些品种的基础上，则有了"柳桃""佳沃""伊顿""悠然""阳光味道""天果""卡思特芙"等商品品牌的相继诞生。

瞧瞧，光是列举名字，就是一长串。

有人根据历史事实半开玩笑地说，你知道吗？我国是狝猴桃的原生地。但是，红色、黄色果肉的狝猴桃都沉睡于中国各地的山野间，仅有绿色果肉的狝猴桃被外国人发现，带到新西兰并广泛种植。由于仅仅带走了绿肉狝猴桃资源，所以，外国人始终无法培育出黄肉和红肉狝猴桃，也就导致了他们无法广泛提升狝猴桃种植水平，更无法推动狝猴桃产业向高端化、品牌化方向发展。

这种说法虽然有些调侃的成分在里边，但也不乏基本事实。最起码，从这段话里，我们能够读出中华猕猴桃系列品种的大好前景所在。

中华猕猴桃系列品种有其独特的生长个性，花、果实和植株都与其他猕猴桃品种有所不同。

雌花多为单花，少数为聚伞花序，有花2～3朵。萼片5～6裂，椭圆形或卵圆形，密被褐色短茸毛，长约10毫米，宽约7毫米。花冠直径约4厘米，花白色，开花后一天变为黄色，花瓣5～7片，近圆形，长约2厘米，其上有放射状条纹。花丝白色至浅绿色，细，约155枚，长约8毫米。花药黄色，多为箭头状。花柱白色，约30枚，白色，长约6毫米，柱头稍膨大。子房扁圆球形，密被白色柔毛，直径约8毫米。花梗绿色，被褐色茸毛，长约3.5厘米。总花梗绿色，被褐色绒毛，长约3厘米。

雄花为聚伞花序，每花序有花2～3朵，初开时白色，约一天后变为黄色。萼片4～6裂，以5～6片居多，黄绿色，长卵形，覆瓦状排列。花冠直径比雌花小些，约2～3厘米，花瓣多为4～6片，以6片居多，阔倒卵形，先端钝圆或微凹，边缘呈波浪状皱纹。花丝长短不一，约40～47枚。花药黄色，"丁"字形着生。子房退化，被褐色柔毛。花梗长约3.6厘米。

果实有椭圆形、圆形、圆柱形等多种形状，果皮有褐色、绿褐色、黄褐色等，被褐色短茸毛或极短茸毛，熟后易脱落，果皮光滑。梗端圆形，萼片宿存，果梗绿色，稀被浅黄色茸毛。果实平均果重约20～120克。果肉绿色、黄绿色、黄色或金黄色，果心白色，小，圆形。种子多，每果种子数约400粒，千粒重1.31克，紫红色，椭圆形，有凹陷龟纹。

一年生枝灰绿褐色，无毛，稀被白粉易脱落，皮孔大且凸起，稀，圆形、椭圆形或线形，呈浅黄褐色，明显，节间长约3～6厘米。二年生枝为深褐色，无毛，皮孔凸起，圆形或椭圆形，黄褐色，髓片层状，绿色。叶厚纸质，扁圆形、近圆形，间或扇形，长约10～11厘米，宽约11～14厘米，基部心形，两侧对称，先端圆形，小钝尖形或微凹陷。叶面暗绿无毛。叶缘基部无锯齿，中、上部亦甚小，呈尖刺状，褐色，外伸。主、侧脉白绿色，无毛，不明显。叶背灰绿色，密被白色极短柔毛。侧脉每边5～7个，叶柄浅紫红绿色，无毛，长约8.4～9厘米，粗约3毫米。

中华猕猴桃系列品种的植株均生长旺盛，树叶大而稠，对水分、空气和湿度的要求比较高。

对猕猴桃来说，雨水丰沛是件好事，但过于丰沛就是糟糕的事了。中华猕猴桃系列品种均不耐涝，长期积水会导致萎蔫枯死。所以，要求空气相对湿度保持在70%～80%，年降雨量在1000毫米左右。夏季高温干旱、空气过于干燥时，它们的叶片会呈现茶褐色，逐渐黄化，甚至凋落。

对气温有什么要求吗？中华猕猴桃系列品种既不耐寒也不

耐热，在年平均气温10℃以上的地区可以生长。生长发育较正常的地区，要求年平均温度在15℃～18℃。每年7月最炎热季节，平均最高气温一般不能超过30℃～34℃；每年1月最寒冷季节，平均最低气温一般不能低于4.5℃～5℃；每年的无霜期，也要保证在210天。

中华猕猴桃系列品种最喜土层深厚、肥沃、疏松的腐殖质土壤和冲积土壤。忌黏性大、易渍水及瘠薄的土壤，对土壤的酸碱度要求不高，但也有一定限度，在酸性及微酸性土壤上仍能生长较好，而在中性偏碱性土壤中则生长不良。

中华猕猴桃系列品种喜光，但怕曝晒，对光照条件的要求随树龄而异。成年树虽喜阴湿，但必须攀缘于树干高处吸收阳光方能茁壮生长，开花结果时如遭遇强光曝晒，则会使叶缘焦枯，果实也容易患上日灼病。

盛产于我国陕西(南端)、湖北、湖南、河南、安徽、江苏、浙江、江西、福建、广东（北部）和广西（北部）等省区的中华猕猴桃原变种系列品种，适宜植根在海拔200～600米低山区的山林地带生长，最好是在高草灌丛、灌木林或次生疏林地带建园，因为它们均喜在背风向阳的环境里生长。

盛产于我国甘肃（天水）、陕西（秦岭）、四川、贵州、云南、河南、湖北、湖南、广西（北部）等省区的中华猕猴桃系列品种，最好在海拔800～1400米的山林地带建园。它们的生长区域与原变种大致在同一纬度带上，但在经度带上则是本变种偏西、原变种偏东的位置。两者的生长区域有一个相叠部分，即陕西南部、河南、湖北、湖南西部和广西东北角上的五岭区。原变种的垂直分布较低，本变种的垂直分布较高，恰在原变种之上，这是一个有趣的植物系统分化和地理分化相结合的例子。

在我国，中华獬猴桃并不孤单落寞，它已经形成了系列美味品种，以相当明显的优势，从多个方面呈现了獬猴桃果品的内涵和外延。看一看吧，中华獬猴桃系列品种里都有哪些名字闪烁着光芒。

"红阳"是由四川省自然资源科学研究院和苍溪县农业局从河南野生中华獬猴桃资源实生后代中选出，于1997年通过省级品种审定。果实长圆柱形兼倒卵形，平均果重65克，果顶、果基凹，果皮绿色或绿褐色，茸毛柔软，易脱落，皮薄。果肉黄绿色，果心白色，子房鲜红色，沿果心呈放射状红色条纹，果实横切面呈黄、红、绿相间的色泽，具佐餐价值；含可溶性固形物16%～20%、总糖9%～14%、有机酸0.1%～0.5%、维生素C136毫克/100克鲜重。肉质细嫩，口感鲜美，有香味。果实较耐贮藏，采收后熟期为10～15天。

"金艳"是由中国科学院武汉植物园于1984年利用毛花獬猴桃作母本、中华獬猴桃作父本杂交，从F1代中选育而成。该品种是第一个用于商业栽培的种间杂交选育新品种，于2006年通过省级品种审定，2009年获得国家品种权，2010年通过国家品种审定。目前已成为国内黄肉獬猴桃主栽品种之一，种植面积迅速扩大。果实长圆柱形，平均果重100～120克，果顶微凹，果蒂平，果皮厚，黄褐色，密生短茸毛，果点细密，红褐色。果肉黄色，质细多汁，味香甜，含可溶性固形物14%～16%，最高达20%；总糖9%，有机酸0.9%，维生素C 105毫克/100克鲜重。果实采收时硬度大（18～20.9千克/平方厘米），贮藏性极佳，武汉常温下果实后熟需要42天，果实软熟后的货架期长达15～20天，低温下（0℃～2℃）可储存6～8个月。

"金桃"是中国科学院武汉植物园于1981年从江西武宁县野生中华猕猴桃资源中选出优株"武植81-1"，当年嫁接于资源圃中，从高接后代中选出变异单系"C6"。在国内多年试验中表现出高产、耐贮、品质优的特性，于1997—2000年在意大利、希腊和法国进行品种区试，综合性状优良。2005年通过国家品种审定，定名为"金桃"并在世界猕猴桃主要生产国或区域申请了植物新品种权保护。该品种多年来通过国内外广泛栽培，表现良好。果实长圆柱形，大小均匀，平均果重80～100克，果皮黄褐色，厚（约50微米），成熟时果面光洁无茸毛，果顶稍凸，外观漂亮。采收时，果肉绿黄色，随着后熟后转为金黄色，果肉质地脆，多汁，酸甜适中，含可溶性固形物15%～18%、总糖8%～10%、有机酸1.2%～1.7%、维生素C 180～246毫克/100克鲜重，果心小而软。果实耐藏性好，采收后熟期为25天，而且贮藏中维生素C损失少。1992年的贮藏试验表明，当田间温度为31℃时采收果实后，放置在室温条件下（13℃～22℃）贮藏1个月或冷藏（4℃）4个月后，商品果率分别达到100%和94%。

"东红"是由中国科学院武汉植物园于2001年开始从"红阳"实生后代中选育而成，2011年申请新品种保护，于2016年获得品种权；2012年12月通过国家林业局林木品种审定委员会审定。果实长圆柱形，平均果重约70克。果顶圆、平，果面绿褐色，光滑无毛，整齐美观，果皮厚，果点稀少。果肉金黄色，果心四周红色鲜艳，色带略比"红阳"窄；肉质地细嫩，汁液中等，风味浓甜，香气浓郁，含可溶性固形物15%～21%、干物质18%～23%、总糖10%～14%、有机酸1.0%～1.5%、维生素C约153毫克/100克鲜重，矿质营养丰富，特别是钾（2600毫克/千克）和钙（446毫克/千克）。果实含钙量高可能是该品种果实的耐贮性远强于"红阳"的原因之一。果实采后30～40天开始软熟，食用期长，均在15天以上，低温下货架期可长达4个月。

"早鲜"（"赣猕1号"）是由江西省农业科学院园艺研究所于1997年从江西省野生猕猴桃资源中选出，1985年通过省级品种审定，命名为"早鲜"，1992年通过省级品种审定，更名为"赣猕1号"。果实圆柱形，整齐美观，平均果重75～95克。果皮绿褐色或灰褐色，密被茸毛，茸毛不易脱落或脱落不完全。果肉绿黄或黄色，质细汁多，甜酸适口，风味浓，有清香，含可溶性固形物12%～17%、总糖7%～9%、有机酸0.9%～1.3%、维生素C73 ～ 98毫克/100克鲜重，果心小，种子较少。果实较耐贮运，在室温下可贮藏4个月，货架期10天左右。

"金丰"（"赣猕3号"）是由江西省农业科学院园艺研究所1979—1985年从江西省奉新县野生资源中选育而成，1985年鉴定命名为"金丰"，1992年通过省级品种审定，更名为"赣猕3号"。果实椭圆形，整齐一致，平均果重81 ～ 107克。果皮黄褐色至深褐色，密被短茸毛，易脱落。果肉黄色，质细汁多，酸甜适口，微香，含可溶性固形物10% ～ 15%、总糖5% ～ 11%、有机酸1.1% ～ 1.7%、维生素C 89 ～ 104毫克/100克鲜重，果心较小或中等。果实较耐贮运，室温下可存放40天。

"华优"是由陕西省农村科技开发中心、周至猕猴桃试验站、西北农林科技大学园艺学院育种与生物技术实验室等单位和陕西省周至县马召镇群兴九组居民贺炳荣共同从酒厂收购的混合种子实生后代中选育而成，2007年1月通过省级品种审定。果实椭圆形，平均果重80 ～ 110克。果皮黄褐色，茸毛稀少、细小；果皮较厚，较难剥离。果肉黄色或黄绿色，肉质细，汁液多，香气浓，风味甜，含可溶性固形物17%、总酸含量1.1%、维生素C含量162毫克/100克鲜重；果心小，柱状，乳白色。果实在室温下，后熟期15 ～ 20天。在0℃条件下，可贮藏5个月左右。

"翠玉"是由湖南省园艺研究所于1994—2001年通过群众报优，从湖南溆浦县野生猕猴桃资源中选育而成，2001年通过省级品种审定。果实圆锥形，平均果重85 ～ 95克，果皮绿褐色，成熟时果面无茸毛，果点平，中等密。果肉绿色，肉质致密，细嫩多汁，风味浓甜，含可溶性固形物14% ～ 18%，最高可达19.5%；果肉营养丰富，维生素C 93 ～ 143毫克/100克鲜重。果实极耐贮藏，湖南长沙10月上旬采收，在室温下可贮藏4 ～ 6个月。

"武植3号"是由中国科学院武汉植物园于1981—2006年从江西武宁县野生猕猴桃资源中选育而成，1987年10月通过省级品种审定，2006年通过国家品种审定。果实椭圆形，平均果重80 ～ 90克。果皮薄，暗绿色，果面茸毛稀少，果顶果基部平。果肉绿色，肉质细嫩，质细汁多，味浓而且清香，含可溶性固形物12% ～ 15%、总糖6%、有机酸0.9% ～ 1.5%、维生素C 275 ～ 300毫克/100克鲜重，果心小。果实耐贮藏，采收后20天后熟。在广东和平县表现良好，平均果重106 ～ 115克，果实含可溶性固形物15% ～ 17%、总糖8% ～ 9%、有机酸0.8% ～ 0.9%、维生素C125 ～ 176毫克/100克鲜重。

"魁蜜"（"赣猕2号"）是由江西省农业科学院园艺研究所1979—1992年从江西省奉新县野生猕猴桃资源中选育而成，1985年11月通过省级品种鉴定，命名为"魁蜜"，1992年通过省级品种审定，更名为"赣猕2号"。果实扁圆形，平均果重92 ～ 106克。果皮黄褐色，密被短茸毛。果肉黄色或绿黄色，质细多汁，酸甜或甜，风味清香，含可溶性固形物12% ～ 17%、总糖6%～12%、柠檬酸0.8%～1.5%、维生素C 120—148毫克/100克鲜重。果实耐贮性较差，货架寿命短。但该品种在海拔较高和低丘、平原地区均可种植，抗风、抗虫及抗高温干旱能力较强，对土壤要求不高，耐粗放管理，适宜密植和乔化栽培。

好了，絮絮叨叨说了这么多美艳的名字，如果对中华猕猴桃系列品种的栽培技术不做个大体的介绍，似乎有些欠妥了，那就简单地说几句吧。

播种。选择个大的熟果，采下后经过六七天后熟，取出种子，用水洗净，晾干后用纱布包好，然后埋在稍微湿润的砂土里，贮藏1至2个月，可提高其发芽势和发芽率。圃地最好选择比较荫蔽、排水性能较好、较疏松肥沃的砂质土壤。要施足基肥，灌足底水，畦宽在1～1.2米，畦面土壤要整细、整平。2月下旬至3月上旬播种比较适宜。播种前将种子混些沙土，每平方米播6～8克种子。上面覆盖一层4～5毫米厚的细沙土，稍加镇压。盖上稻草，浇些水，保持土壤湿润，促进种子萌发。最好在苗床上方撑一个拱形塑料薄膜棚，防御雨水冲击，减少水分蒸发，同时也能提高苗床温度，有利于种子萌发出苗后及时进行遮阳、浇水、追肥、松土、除草以及间苗等。

嫁接。接穗的采集要结合冬季修剪进行。在猕猴桃植株落叶后20天至春季萌芽前15天采集接穗，选择无病虫危害、生长充实、芽眼饱满的1年生枝为接穗，30～50枝为1捆，挂牌标记后，将接穗竖立插于室内河沙中保存。河沙湿度以手捏成团、松开即散为宜。嫁接的时间春、夏、秋、冬（南方）均可，避开伤流期，南北各地嫁接时间要根据当地气候调整。每隔7株留1棵雄株，留成"∴"形。每株选留2至3个主枝，主枝嫁接部位高度控制在50厘米以内。嫁接的方法以切接法为主，每个接穗留1～2个壮芽，接穗长削面为3～4厘米，短削面为0.5～1厘米，将接穗的长削面插入砧木切口中，保证砧穗接合后有一侧形成层对齐，然后用专用的嫁接膜包扎，接穗上端、砧木和锯口用嫁接膜封闭，以利保湿，提高成活率。接后15天检查是否成活，未接活的要及时补接。

扦插。选择避风、排水良好、土壤质地疏松、通透性好、有一定保水能力的砂质土壤，在表土15厘米内要混和适量的河沙，以促进其生根。在春季扦插，一般要选择无病虫害、生长健壮、表皮光滑、芽眼饱满的1年生枝条（雌、雄株枝条要分开），每根插枝一般保留2～3节，即剪去枝条顶端（离腋芽1～1.5厘米处的上部）的纤弱部分，切口封蜡，减少水分蒸发。插枝基部离芽约1.5厘米处用剃刀斜切，切面要光滑。扦插前，插枝基部要用生长激素处理，以吲哚丁酸原粉和70%碳酸钾配制成1%的母液（即1克吲哚丁酸原粉加7%碳酸钾溶液至1000毫升），使用时再加水稀释到0.15%～0.3%（即用15毫升或30毫升的母液加水稀释到1500毫升或3000毫升），将枝条基部放到溶液中蘸一下即可。

当然，中华猕猴桃系列品种的田间管理，也应注意一些问题。

一是栽植条件。要选择背风向阳、土壤质地疏松、土层深厚、腐殖质丰富、排水良好的浅山丘陵、背风下坡、沟谷两旁或林缘空地栽植。

二是栽植密度。山地果园株行距为3米×5米，每亩栽30至40株；平地果园株行距为5米×7米，每亩栽20～25株。定植穴深为60厘米，宽为80厘米。每亩穴施堆肥或厩肥为800～1050千克。春栽在2月中旬至4月上中旬进行，秋栽在10月中旬至11月中下旬进行。

雌雄异株栽植应合理搭配，大果园可按8∶1配比，小果园可按6∶1或5∶1配比。识别雌、雄株在开花时就要注意观察，雄株的花朵上雄蕊较多，花蕊呈黄色，具有小而退化的子房，缺柱头；而雌株的花有明显大型的子房，花柱粗，柱头有好几个，呈放射裂状。要在雄树上做好记号，以便日后从事无性繁殖。而实生苗则可等到开花时，用嫁接的方法进行调节。

中华猕猴桃系列品种为藤本果树，大树每株可挂果100千克，光靠自身的力量是支撑不住的，所以必须搭架支撑。搭架在落叶期间进行，强度为葡萄棚架的1.5倍。一般采用"T"形架式，架面宽为1.5～2米，埋入地下部分为0.8～1米，地上部分为1.8～2.2米，架面上的干线一般用10号铁丝，分支线用14号铁丝，架材间距为4.5～5米，铁丝间距为0.5～0.6米。

中华猕猴桃系列品种生命力旺盛，气势磅礴，但也不能由着它的性子任意生长。植株要及时整枝、修剪，调节枝蔓生长。

"T"形架式整枝，一般选留一条生长旺的蔓为主干，等长到架子高时，选2～4条分枝作为永久性的主蔓，使其均匀地分布在棚面上。在每条主蔓上，隔40～50厘米留一条侧蔓，作为结果母枝。夏季修剪主要是剪除徒长枝或过长的营养枝枝梢，以免消耗养分，妨碍通风透光，第1次在7月上旬进行，第2次在8月下旬进行，第2次剪梢要比第1次留长一些。冬季修剪在12月到第2年1月间进行，主要是剪去开始衰老的结果枝和过于细长的枝条，使它在第2年萌发出强壮的新梢。还要重视除草、松土、排水、灌水等。

植物同人一样，也会得病，也会年老体衰，也需要防病治病。中华猕猴桃会得哪些病？该如何防治呢？

溃疡病。症状：感病主蔓和枝条皮层组织呈水渍状，后皮层与木质部分离腐烂，组织松软，病斑先出现在皮孔、剪口、日灼伤口等处，逐渐扩展为较大斑块，病斑的皮孔或伤口处流出大量黄褐色液体，切开皮层及髓部，均充满菌脓，感病部以上枝条很快死亡。感病较轻的植株进入秋季后，伤口可愈合，但翌春又重新溃烂发病。叶片感病时形成深褐色不规则多角形小斑，受害严重的叶片很快枯死脱落。防治方法：选育抗病、抗寒品种，增强树势；采取防冻措施，高培土，包草，涂白及用石硫合剂；当土壤含硼量低于0.3毫克/千克时，在萌芽前1个月每亩要撒施0.5～1千克硼砂，以后再在5至6月份增施一次；秋后和翌年春前要用1：1：100的波尔多液各喷洒一次，发病时要用70%的DTM可湿性粉剂1000倍液。或使用硫酸铜800倍液，每隔7—10天交替喷雾一次；花期前后，结合提高坐果率，喷1至2次0.3%的硼酸液，并利用磷、硼互补原理，注重调整园地的土壤，使其经常处于高磷（至少含速效磷80至100毫克/千克）、中硼（含速效硼最好在0.3至0.5毫克/千克以内）的状态。

枝枯病。枝梢发病时，呈现紫褐色病斑，其上密生直径1至3毫米的黑色突起颗粒，随后病斑迅速扩大，并深达木质部，使皮层组织成块状坏死，造成枝梢干枯死亡。病菌在被害枝梢的病组织内越冬，翌年，在生长季节开始传播危害。防治方法：萌芽前喷0.3～0.5波美度石硫合剂，或1：2：100的波尔多液。

根腐病。病株根部出现红褐色至咖啡色斑块，根皮层变褐后腐烂，易与木质部分离，继而整株萎蔫死亡。防治方法：做好园地排水，降低土壤过高的含水量。3月下旬至6月上旬，结合除草松土，将其翻入土中。

日灼溃疡病。症状：主蔓及粗大枝条上出现椭圆形灰色坏死病斑，周围愈伤组织隆起，呈溃疡斑状。日灼果向阳一面形成红褐色粗糙、不规则略凹陷的斑痕，果肉软化腐烂，造成落果。防治方法：以保湿与及时灌水为主，做好地面覆草保墒，避免表层浅根受旱，为叶、果提供较多水分；同时培养好叶幕层，防止果实裸露在强光下，如叶幕层稀少，可采用遮阳网保护果实。发病后喷洒甲基托布津等杀菌类药物。

中华獼猴桃本身不是药，但却有神奇的药用价值。

果：调中理气，生津润燥，解热除烦。可生食，或去皮后和蜂蜜煎汤服。用于治疗消化不良、食欲不振等。可用本品绞汁，加生姜汁服。根、根皮：清热解毒，活血消肿，祛风利湿。用于治疗风湿性关节炎、跌打损伤等。枝叶：清热解毒，散瘀，止血。用于治疗痈肿疮疡、烫伤等。藤：和中开胃，清热利湿。用于治疗消化不良、反胃呕吐等。

作为膳食营养及保健果品，中华獼猴桃到底含有哪些营养成分呢？

中华獼猴桃的果实中维生素C含量特别高，一般每100克鲜果中含维生素C 100～200毫克，最高可达420毫克。含糖8%～14%，含总酸1%～4.2%。另富含氨基酸，其中天门冬氨酸0.446%、苏氨酸0.210%、色氨酸0.185%、谷氨酸0.6002%、甘氨酸0.240%、丙氨酸0.245%、脯氨酸0.3615%、胱氨酸0.102%、甲硫氨酸0.023%、异亮氨酸0.237%、亮氨酸0.294%、酪氨酸0.140%、苯丙氨酸0.197%、赖氨酸0.214%、组氨酸0.125%、精氨酸0.304%，还含微量的氨基丁酸和羟丁氨基酸等。此外，中华獼猴桃系列品种还含有獼猴桃碱、蛋白水解酶、鞣质以及钙、磷、钾、铁等多种矿物质元素。

行文至此，兴致不歇。正是：

盛世晴空春光好，犹有花枝俏，精致生活不能少。抬望眼，神州万里正当道。科技扶贫，果香飘飘，中华"金桃"系列猕猴桃。

山清水秀景色娇，"金桃"系列金光耀，千家万户鼓腰包。果儿虽小，作用广泛价值高。漂洋过海，备受青睐，中华"金桃"系列猕猴桃。

落叶归根唱新谣，江山万里无限好，为国为民立功劳。踏上征途去，"一带一路"把手招。换了新颜，圆了旧梦，中华"金桃"系列猕猴桃。

轻风晚雾桃之夭夭，展露出霞光万道，"金桃"系列情未了。复专研，未尽基因天知晓。期待奇迹再发生，频传捷报，看我中华系列猕猴桃。

十五、雾渡河上的彩虹

放歌桃源里，逐梦雾渡河。

2017年9月，"缤纷四季 乡约夷陵"乡村游之"中国民间叙事长歌"高峰论坛暨夷陵·雾渡河镇第二届猕猴桃采摘活动，在夷陵区雾渡河镇土碾坪猕猴桃精品果园盛大开幕。来自湖北省内外及宜昌周边的2000多名游客齐聚雾渡河，品猕猴桃风味，享民俗盛宴。

雾渡河，桃源里，叙事歌，猕猴桃——这一个个充满着诗情画意的浪漫的名字，深深地吸引着我。于是，不容多想，打点行装，满怀希望，寻着猕猴桃的足迹，走进了湖北夷陵，走进了雾渡河岸边猕猴桃的故乡。

2002年9月，在武汉召开第五届国际猕猴桃学术研讨会期间，来自18个国家120多名猕猴桃专家、代表实地考察了中国湖北宜昌市夷陵区雾渡河镇的野生猕猴桃原始生境，惊叹世界猕猴桃故乡的猕猴桃资源之丰富。

来到雾渡河镇，我欣喜地了解到，这里不但是世界猕猴桃的故乡，而且还人杰地灵。有"落雁"之称的王昭君与此地有重要的关系。

王昭君，名嫱，字昭君，乳名皓月。王昭君的母亲秦氏，是湖北省宜昌市夷陵区雾渡河镇清江坪村人（古巫县）。据史料记载，王昭君的父亲王穰早年娶妻，一直未生育，直至娶到秦氏才晚年得女，取名王嫱，字昭君。王昭君孩提时代的大部分时光，是在外婆身边度过的。也就是说，王昭君是在雾渡河镇的清江坪长大的。因为宜昌方言称呼外婆为"嘎嘎"，称呼外公为"嘎公"，所以，"昭君嘎嘎""昭君嘎公"便在清江坪一带家喻户晓，妇孺皆知。

王昭君的历史功绩，不仅仅是她主动出塞和亲，更主要的是她出塞之后，使汉朝与匈奴和好，边塞的烽烟熄灭了50余年，增强了汉匈之间的民族团结。

被誉为"猕猴桃皇后"的钟彩虹，虽然没有王昭君那样的美貌，但她却用自己的知识和研究成果改变了雾渡河人的生活，让猕猴桃产业在这里大放光彩。在雾渡河老百姓的心里，她同样是"最美的人"。

钟彩虹，湖南浏阳人，1969年2月出生，研究员，博士。1992年参加工作至今，一直从事猕猴桃等果树的育种栽培研究及科技推广工作。现任中国科学院特聘研究员，中国科学院武汉植物园獼猴桃资源与育种学科组组长，兼国家獼猴桃种质资源圃主任，中国园艺学会獼猴桃分会理事长，2018年3月任农业部种植业（水果业）指导专家组成员，指导我国獼猴桃产业发展。

钟彩虹在湖南农学院园艺系果树专业学习期间，获得了学士学位；在中国科学院大学学植物学期间，获得了博士学位，师从导师黄宏文研究员，可谓中国獼猴桃的第三代传人。

钟彩虹在湖南农科院园艺研究所工作期间，除了从事研究工作，还在园艺所科技示范场实习过，在园艺所落叶室从事獼猴桃等果树研究时管理过30亩科研基地，当过园艺所科技示范场副场长、技术负责人，当过园艺所果树基地部经理、单位实体企业长沙楚源果业有限公司技术总负责人。

来到中国科学院武汉植物园以后，钟彩虹除了继续学习以外，还参与过专类园的部分调查研究，承担过"金艳"獼猴桃万亩产业化基地建设的技术总设计，担任国家獼猴桃种质资源圃负责人。

1995年至今，钟彩虹获得科技成果奖项和个人荣誉达13项之多；2006年以来，钟彩虹和她带领的团队承担、主持或参加国家级、中科院级和地方级大小科研项目达72项之多；1992年至今，钟彩虹共发表120篇论文，可谓著作颇丰。

钟彩虹认为，既然选择了这一行，就得坚持，坚持才能成功。她说，她在科学研究中遵循的原则是："怕"和诚心待人，以诚恳之心待人，用敬畏之心做事。

事实上，钟彩虹少年时就接触过猕猴桃。

少年时代，钟彩虹与村中其他同龄孩子一样，天真可爱，家乡的一山一水、一草一木，尽装在她的心中。

一次，钟彩虹的父亲生病了，怎么办？钟彩虹去找医生。医生看过后，笑着对钟彩虹说："没大碍，别害怕，治你父亲的病，只需藤梨根熬水喝下去即可。"

钟彩虹挖来藤梨根，照医生所说，熬水给父亲服用。连续服用一周，父亲的病果然好了。然而，那时她并不知道藤梨就是猕猴桃。

知道藤梨就是猕猴桃的别名时，钟彩虹是在上大学学果树专业期间。当时，她非常惊讶，读着醒目的文字，看着文字上边的图谱，没错，原来当初治好父亲的病的藤梨就是猕猴桃啊！有了这层感情基础，钟彩虹更加喜欢自己选择的果树专业了。

钟彩虹的笑声爽朗，跟身边的农村大嫂的笑声没什么区别，那份亲切、包容、真诚和鼓励，全在笑声里了。

有人说钟彩虹不善交际，可是她跟果农打交道的时候，那种贴心、惬意、自如、无拘无束、刚毅和执着，感染着身边的每一个人。如果让我来评价一下的话，可以这样讲，钟彩虹是不愿意跟打官腔的人交际，她愿意跟实实在在干事的人共事、交朋友，因为她自己就是个实实在在的人。

果农们喊她"猕猴桃皇后"，是在表达一种发自心底的敬意。

她初到农村为果农讲课时，场面很尴尬，一开始满屋子的人，听到一半儿就走了很多人，到最后没剩下几个了。果农们认为，"空谈"的专家跟骗子没什么两样，干巴巴的理论有什么用啊？猕猴桃，猕猴桃，你讲的猕猴桃能让我们致富，能让我们奔小康吗？钟彩虹知道，必须让事实说话，让一架一架猕猴桃藤上结满的果子说话，而这是需要时间的。

三年后，完全不一样了。听说是钟彩虹老师又来讲课，全村人几乎都来听课。院里、院外、田间、地头，不管在哪儿讲，总是黑压压的一片，有的外村果农闻讯，也翻山越岭赶来。一些猕猴桃老板，开着轿车来听课。他们渴望学习相关知识，因为他们全都是靠种植、销售猕猴桃而致富的。

钟彩虹虽然个子不算高，但体内却蕴含着惊人的能量。她教训起学生来，跟果农们打交道时的那种亲切感荡然无存。

几天前，她陪着我到她的猕猴桃园看新品种的长势时，忽然间发现自己经手嫁接的果苗，应该保留的两个叶芽却被学生练习剪枝时剪掉了。她非常生气，立即打电话喊来学生。"谁干的？为什么要剪掉？"先是劈头盖脸地训斥一顿，然后手把手教学生怎么下刀，怎么切割，某个节点上该用多大力度，留哪儿、去哪儿、接哪儿等，然后还是教训："理论上你学得再通又有什么用？关键是实践，理论要跟实践好好结合才能产生好的效果，好的效果你要记一辈子的。"接下来，她像母亲一样对学生说："你知道吗，你无意中抹掉的这两个叶芽，那是我们今年的科研成果呀，再等这样的叶芽长出来的时候，得明年了，就等于说你是把我们今年的成果又向后推了一年！"

沉默。沉默中的心疼。

学生抚摸着被自己抹掉的叶芽，惭愧的眼泪夺眶而出……

钟彩虹每天面临着无数种植和管理上的问题：土地如何平整，肥料如何配比，剪枝空梢如何作业，病虫害如何防治，水利工程如何修建，与农户如何沟通……

近三年来，钟彩虹和她带领的猕猴桃种质资源与育种团队，分别荣获"湖北省科学技术发明一等奖""中国科学院科技促进发展奖""神农中华农业科技奖一等奖"。其中，农业部颁发的"神农中华农业科技奖一等奖"是于2017年获得的。她带领的课题组，也荣获了国家自然科学基金委员会、中国科学院、科技部、多省市及国内外企业的多渠道、持续性资助共计34项。2017年，荣获国家自然科学基金面上项目2项，国家自然科学基金青年项目1项。她带领的团队，还荣获了2017年度"优秀科研团队"荣誉称号。

目前，意大利金桃公司、联想佳沃和北京华麟合众等国内外企业，在意大利切塞纳，中国四川、陕西、河南等地，累计推植钟彩虹团队研发的"金艳""东红""金圆"等专利猕猴桃新品种30余万亩，近三年累计新增产值可达113亿余元。项目成果推动了中国猕猴桃的提质改造，吸引了一批著名的猕猴桃企业加盟，催生了4个著名的猕猴桃商标，占据了我国猕猴桃的中高端市场，彻底改变了国内外猕猴桃产业的格局。

雾渡河水，甘甜澄澈。两岸猕猴桃园，果实累累。

世界猕猴桃的故乡，养育了世界上的"水果之王"，也养育了热爱它的，与它朝夕相处、休戚与共的，由123个村民小组、3.4万人口组成的雾渡河镇居民。如今，作为世界猕猴桃原产地，在充分发挥生态优势和资源优势的同时，地方政府大力扩建基地、扶持龙头、扩展链条，先后发展种植了钟彩虹团队研发的"东红""金艳"等多个猕猴桃优良品种面积近6000亩，产品远销到国内外的高端市场，走出了一条农旅结合、助农增收的好路子。

采访钟彩虹时，我意外地见到她的儿子彭珏。小伙子戴着眼镜，很瘦弱，但懂礼貌，做事有条不紊。

中午就餐是在一个农家乐餐厅，彭珏点的菜。他说，李老师爱吃什么您点一个吧！我说我是北方人，要点就点一个"大丰收"吧（其实，就是黄瓜水萝卜生菜小葱蘸酱）。他说，李老师您太客气了，还是我来点吧。于是，他就点了武昌蒸鱼、水煎牛肉、炒菜花。我说，三个人菜够吃了。钟彩虹说，再点一个汤吧。彭珏望了一眼旁边扎着围裙用笔记菜单的小姑娘问，都有什么汤？小姑娘报了一串汤名，彭珏说，那就菌汤吧。

就餐过程中，钟彩虹接了一个电话，她用浏阳话跟对方说了半天。无意中，我听出对方打电话的意思，今天是钟彩虹生日，祝她生日快乐云云。对方好像是她的表姐。 她放下电话后，我问，今天是你生日？她哈哈哈笑了。我直接跟系围裙的小姑娘说，请做一碗荷包鸡蛋面。我举起杯子，祝钟老师生日快乐！——当！三个人的杯子碰在一起。

春天如期而至。她喜欢待在猕猴桃园里，有些时候，甚至忘记自己在园子里到底在干什么，就一动不动地站着，闭着眼睛静静地聆听，享受一份孤独。

她在聆听什么？是在聆听风语吗？

——或许，通过风在疏朗有致的猕猴桃藤蔓间的喃喃低语，辨识叶子与叶子之间的关系，猜想花蕊里的秘密呢。

十六、武汉植物园纪事

天空格外晴朗，明亮透彻。

中国科学院武汉植物园的空气也仿佛被清洗过了。风，谱写着猕猴桃园里灵动的乐章，而时令，在这乐章中演绎着欢快的音律和节奏。

2018年，是钟彩虹与猕猴桃研究结缘的第26个年头。鬓边黑发的变化和那饱经风霜的脸颊，是她多年奔波在贫困山区田间地头的印痕。

凭着湘人特有的坚韧与执着的性格，她终于收获了累累硕果。

是的，在中国科学院武汉植物园猕猴桃种质资源圃里，诞生过"金艳""东红""金桃"等中外闻名的猕猴桃新品种。如今，钟彩虹和她的团队又培育出了"金圆""满天红""金玉""金梅""猕枣1号""猕枣2号"等10余个新品种，并协助企业打造了"柳桃""佳沃""麒麟""华劲凯威"和"卡思特茉"等20多个知名品牌。

厉害啦！武汉植物园。

厉害啦！武汉植物园猕猴桃种质资源圃。

钟彩虹大学毕业后在湖南省农科院工作。在一次全国性的猕猴桃学术会议上，她的演讲引起黄宏文的注意。后来，黄宏文将钟彩虹招到中国科学院武汉植物园，收为博士研究生。她一边读博士学位，一边负责猕猴桃育种栽培研究及科技成果转化工作。

"当时来武汉植物园，愿意吗？"我曾经问她。

她说："当时我在湖南省农科院已经工作14年了，手上有一大堆事情要做，离开长沙，不是没有犹豫过。但你想呀，中国科学院是基层科研人员心中的'圣殿'啊，到中国科学院来研发猕猴桃专业对口，而对猕猴桃科研和推广来说或许平台会更大些。"

钟彩虹感叹研发育种时间的漫长。她说："果树育种是一个接力式的运动，需要一代一代人长期坚持下去。尤其猕猴桃是多年生的藤本植物，培育一个新品种出来至少要10年时间，因此国内能坚持下来的育种科研单位屈指可数。我们这里培育出来的新品种，基本上都是三代人科研心血的结晶。如今，我和我的团队正在做新一批猕猴桃种质的创新研发工作，也许我们是在为下一代能够培育出新的优良品种做铺路石。"

钟彩虹举例说："比如，明星品种'金艳'是首个自主研发的种间杂交培育的品种，大果型、黄果肉、口感好、极耐贮，货架期长，软硬均可食用，突破了传统品种只有软果才能食用的局限，但该品种从研究到国家品种审定持续了20余年。"

20余年，在历史的长河中不算长，但对一个新品种的研发到生产，这个过程可不算短。人生有多少个20余年？钟彩虹希望随着社会的不断发展，科学技术的不断进步，再加上科研人员对党和人民的赤诚之心、报国之志，科技成果的诞生像雨后春笋般层出不穷。就像她们的猕猴桃种质资源圃，最近这几年每年都有新的品种出现，大大缩短了科技成果的转换时间。

中国科学院武汉植物园于1979年开始开展猕猴桃科研工作。历经40年的发展，经过三代科研人员的努力，目前已建成了占地4公顷的种质资源圃和10公顷的科研基地。

猕猴桃团队有科研人员30余人。其中，研究员、副研究员12人，博士8人，硕士6人。专业涵盖了植物学、遗传学、果树学、分子生物学、微生物学、病理学、园艺学等相关学科。

第一代团队负责人：黄仁煌。

研究人员：王圣梅、武显维、何子灿、柯善强、宋元珍、熊治廷、洪树荣、康宁、姜正旺、黄宏文。

第二代团队负责人：黄宏文。

研究人员：王圣梅、姜正旺、张忠慧、钟彩虹、龚俊杰、徐丽云、陈绪中、张胜菊、王彦昌、李作洲、姚小洪、李大卫、张琼、李黎、韩飞、张鹏、陈美艳、潘慧、吕海燕、田华、满玉萍。

第三代团队负责人：钟彩虹。

研究人员：姚小洪、王彦昌、姜正旺、李作州、李大卫、张琼、李黎、黄文俊、韩飞、张鹏、陈美艳、潘慧、吕海燕、田华、满玉萍。

世界上所有品种的猕猴桃基因都被保存在这里。这里被誉为世界猕猴桃科研和学术的最高殿堂。研究领域包括猕猴桃种质资源收集，鉴定评价，种质创新，基因挖掘，分子辅助育种，遗传育种及品种选育，产业链关键技术和猕猴桃重要病虫害防控研究等。获得国家科技进步奖等重大奖项9项，出版猕猴桃中英文专著14部，发表学术论文200余篇。

承担过国际项目——欧盟国际招标项目，国家项目——国家"973"项目、国家"863"项目、国家自然科学基金项目、科技部成果转化项目、农业部专项建设项目等30余项。中国科学院武汉植物园的猕猴桃研究方面的科研实力相当了得。

中国科学院武汉植物园也是猕猴桃国内外品种的重要产出中心。至2017年，先后选育出了25个具有自主知识产权的猕猴桃新品种，其中，国家级品种9个，有多个品种实现全球商业化，成为国内外重要主栽品种。"金桃"是我国第一例实现全球保护并实现全球授权开发的猕猴桃新品种。而"金桃"的妹妹

"金艳"，是国际上第一个具有商业价值的种间杂交培育的优良黄肉品种。

致敬！武汉植物园！

致敬！獬猴桃！

十七、金玉：带皮吃的猕猴桃

武汉市民真有口福。

2017年中秋节，节日的气氛浓郁。武汉市民吃到了可以连皮带肉一起吃的猕猴桃。什么？有没有搞错呀？猕猴桃从来都是剥皮吃的，怎么可以连皮吃呢？——没有搞错，就是连皮带肉可以一起吃的猕猴桃。它的名字叫——"金玉"。多好听的名字啊！这天，中国科学院武汉植物园中心大草坪上举办了"猕猴桃新品种品鉴会"，邀请来植物园游览的一百位市民代表免费品尝。

现场气氛热烈。欢声笑语，喜气洋洋。

好吃吗？

好吃。

什么感觉？

初恋的感觉。

被唤作"金玉"的可以带皮吃的猕猴桃，是中国科学院武汉植物园钟彩虹团队培育的新品种，是由湖北浠水县首次种植成功后收获的果子。

"金玉"在品鉴会上一炮打响。当年的新闻报道说，这种可以连皮带肉一起吃的黄肉猕猴桃，因为高糖、高有机酸，营养超群，被有关专家誉为"世界上最好吃的猕猴桃"。"金玉"表皮光滑，手感润泽，个头仅为市面上出售的有茸毛的猕猴桃的一半。口感酸甜，果味浓郁。

钟彩虹也在品鉴会现场，她介绍说，"金玉"是从"红阳"的后代中选育出来的，历时10年。"红阳"甜度有余，酸度不足。目前"金玉"的口感和营养价值都已经全面超越了其父母辈。

"衡量一种水果是否好吃，主要看糖酸比例。"钟彩虹说，"金玉软熟果实含糖量达到14%，而普通猕猴桃只有7%左右。金玉是猕猴桃品种中含糖量最高的。它的含酸量是1.3%，可溶性固物含量23%左右。它的营养价值是普通猕猴桃营养价值的近两倍。"

好东西，往往就贵。

目前，一盒金玉猕猴桃约36个，售价360元，平均每个约10元。啧啧，是够贵的。但是，市场上仍然很难买到。

"金玉"采用有机种植标准方式种植，企业通过"认养加馈赠"的形式进行营销。2017年，消费者认养一株猕猴桃，企业每年赠送一定数量的猕猴桃。认养一株的价格是1998元，获赠的猕猴桃不少于10公斤。认养人可以通过电脑和手机视频，适时了解和掌握猕猴桃的生长情况。果子吃着放心。

十八、草，并非多余的东西

北京门头沟有个软枣猕猴桃基地。钟彩虹是这个基地的技术指导。2018年9月的一天，钟彩虹利用在北京开会的间隙，来基地进行技术指导。她看到有员工把猕猴桃树下的杂草拔得精光，就问："为何要把杂草都拔掉呢？"

员工说："因为杂草跟树争肥料、争营养。"

钟彩虹说："不碍事，它最终还是争不过树。适当保留一定量的杂草，对树来说利大于弊。"

员工笑了，说："那可省力气省工了。"

钟彩虹说："果园是一个生态系统，有一定量的草，一些害虫就没必要上树了，如果把草全拔光，那不是把害虫往树上逼吗？"

员工瞪大眼睛，不解地问："草要是高过树的话怎么办？"

钟彩虹说："草可控制在半米高，再高就可割一割。割掉的草也不必清除出去，用土覆盖到树下，就会变成很好的肥料。"

员工说："哦，明白了。这回知道了为啥有草果园的果子比无草果园的果子好吃的原因了。"

钟彩虹也笑了。她环顾一眼满园的猕猴桃，说了一句意味深长的话："草，不是多余的东西。"

是的，我们所了解的自然还不是真正的自然。倘若有什么植物妨碍了我们的计划，或者是扰乱了我们干净齐整的世界，人们就会给它们冠上杂草之名。人们认为杂草是出现在错误地点的植物，但事实上，杂草并非那么面目可憎。

所有对于杂草的定义，都是从人类的角度出发的。人类认为杂草是不按我们的意志和行为准则肆意生长的东西，所以，杂草饱受诟病。虽然有时杂草表现出一定的入侵性，但那不是杂草的罪过，而正是它所具有的勃勃生机的表现。杂草总要把在土壤中汲取的营养，重新还给土壤。杂草的存在有着重要的生态学意义。它们在这个星球上的生存时间之久，表明从进化的角度来说，它们是高度适应地球环境的，它们为自己争得了一席之地。

日本有个叫福冈正信的老人始终遵循自然农作法，"不耕作、不施肥、不除草、不用农药"，把一座一座荒山变成了飘香的果园。福冈正信说："把一根杂草这样的小事做彻底，最大的世界就会向你敞开。"在福冈正信看来，自然总是保持着相对的平衡，一般不会发生严重到需要使用农药的病虫害。只有当不自然的耕作法和施肥导致病态作物出现，为恢复平衡，自然中才会发生病虫害，才会需要农药。

草，是顺应天时才长在那里的。杂草之所以生长，是因为它在自然中发挥着某种作用。原则上，草可以放任不管，至少不必人为地使用机器或农药歼灭之，而是以草制草，用绿肥加以控制。自然界中，任何动植物都会遭遇百病。然而，福冈正信说，不是有病就要用农药来解决，这是最糟糕的手段。导致自然界发生异常现象，必定是人为原因。人类只有反省自身，首先采取自然的手段，回归自然，才能找到一条解决问题之道。

无疑，福冈正信的自然农作法思想对钟彩虹产生了深刻影响。钟彩虹说："目前，在猕猴桃果园管理中还很难做到不使用化肥和农药，但可以做到最大限度地少使用化肥和农药。"

她蹲在地头跟员工们一起探讨管理方案。施肥主要用鸡粪和豆饼渣——在树下开出沟槽，埋入鸡粪或者豆饼渣后，把水放满，就会发生"酸酵现象"，迅速增加土壤的肥力，这样就使得猕猴桃树免疫力增强。

想起两句诗：

让野性和潮湿留下，愿杂草与野性长存。

十九、基因无价

野生种质资源是无价之宝，每一种植物的性状表现都是由基因控制的，比如果肉颜色，果皮茸毛，皮孔大小，花的颜色，抗病性，抗旱性和抗寒性等。基因可改善栽培品种的一些不足。

美国和英国有专门的"植物猎人"，打着保护基因的名义，到东南亚、南美巴西、非洲、亚洲四处搜集植物品种资源，猕猴桃、柑橘、芒果、榴莲、野生大豆和野生水稻等，都是他们的猎取对象。其实，美国和英国的"植物猎人"已经从中国弄走了野生猕猴桃的种质，美国也试种过1300多株，但因都是雄株，没有结果。否则，世界猕猴桃的格局可能就是另一种情况了。

美国有一家种子公司在若干年前，用一粒多油的大豆种子换了中国农业科学院一粒野生大豆种子。结果，就是在这粒野生大豆种子中，美国人找到了提高产量和抗病毒的基因。美国人动作迅速，马上在全球范围内的101个国家申请了64项专利保护，令我们叫苦不迭——因为，我们要利用自己的大豆基因也要向美国申请，并要支付巨额的专利使用费。

1972年，美国总统尼克松访华，两国在科技领域的互访交流也日渐增多。1974年9月，美国派出一支庞大的植物代表团访问中国。美国大豆专家布尔纳德也是代表团成员。正值中国东北大豆成熟季节，布尔纳德先后在吉林公主岭南崴子和沈阳机场附近采集到野生大豆植株。

"识者若珍宝，弃者若敝屣。"这些在中国遍地生长的"野草"，却成为美国专家珍贵的育种材料，也成为后来生物技术公司作为转基因研究和商业化利用的重要试验材料。

今天，美国农作物基因库里保存的大豆材料已达2万份之多，其中，有多少是从中国采集的，我们无法知晓。美国经过有计划的品种改良，采用先进种植技术，实现了工业化、机械化生产，迅速成为世界上最大的大豆生产国和出口国。

可是，今天我们要大量进口美国大豆，引进一些改良品种和专利，这是何其痛苦和尴尬的事情啊！同样道理，中国猕猴桃种质资源的流失为新西兰带来多少财富，恐怕连新西兰自己都说不清了。

教训是极其惨痛的。

据悉，分布于我国东北的野生软枣猕猴桃，不知通过什么渠道流失到智利。为此，钟彩虹等专家呼吁，保护我们自己的野生猕猴桃种质资源刻不容缓，有关立法等工作亟待加强。

因为，对未来的世界来说，从某种程度上讲，谁掌握了生物基因，谁就掌握了一切。

二十、舍得之道

在北京门头沟软枣猕猴桃基地，钟彩虹跟几个正在作业的果农嚷嚷着："哎呀呀，怎么留这么多芽芽，一根枝上留一个到两个就足够了，你们留四五个，太多了。"

果农说："心疼啊，剪掉太可惜了。"是啊，果农心疼自有道理，他们用辛劳和汗水把猕猴桃养大，一下子剪掉那么多枝，感情上过不了这道坎儿，一句话——舍不得呀！毕竟，从传统的角度看，剪掉结果枝，就意味着剪掉产量呀！

跟果农打交道并不轻松。对此，钟彩虹的感触颇深。开始时，为了让果农接受这项技术，钟彩虹与果农连续沟通了好几年。每次都是钟彩虹亲自操剪，给果农做示范，做比较，让果农一点一点体验，"如果不剪，就会导致品质差，产量低，管理也不便。"

钟彩虹说："舍得舍得，只有舍才能得。这是果树管理的需要。肥水是基础，剪枝是关键。"如此这般，这般如此，果农逐渐照做了。

剪枝是猕猴桃种植行业公认的一项技术含量较高的管理措施。如果不剪枝，任其自然生长，就会造成树形紊乱，树体通风透光条件差，树势早衰，产量和品质下降，并且还会出现明显的大小年——大年丰，小年歉，这是果农不希望看到的。但是长期以来，由于"惜树"心理的作用，果农握剪时手软，剪枝普遍不到位。实际上，通过剪枝，改善猕猴桃树的通风透光条件，是确保果树连年高产稳产的必要措施之一。

不过，剪枝之道说起来容易，但实际操作起来非常难。留枝好办，但怎样有选择地把应该剪掉的枝剪掉，没有一定的经验和技术水平，是不敢下手的。因为，每棵树的长势不同，剪枝方式就不同。

钟彩虹说："猕猴桃树的剪枝就像对人才的培养一样，不能套用一个模式，必须因地、因树、因时的不同，采取不同的措施。"

说起剪枝技术，钟彩虹滔滔不绝。她说："猕猴桃树上枝条有两种，一种叫作营养枝，一种叫作结果枝。在具体剪枝过程中，既要顾及树势、树形，以保证有良好的通风透光条件，又要注意营养枝和结果枝的比例。"

钟彩虹扯过一根枝条说："比例多少合适呢？这个还真不好量化，因为每棵树的情况不一样。比例根据树的情况不同而不同。很多时候都要现场临时斟酌，灵活调整。"

在钟彩虹看来，剪枝技术不仅下手重要，观察更重要。观察决定判断。剪枝者必须仔细观察剪枝后的猕猴桃生长情况，对结果情况也要有起码的预判，这样，一剪子下去，才不会惋惜和后悔。她说："一个优秀的剪枝手，必须经过若干年的观察和操作，才会逐渐成熟。要想对剪枝有真正深刻的体会，必须在修剪一株猕猴桃后，仔细观察它从幼年到成年的整个变化过程。"

"事实上，一旦让果农理解和掌握了剪枝技术的好处，他们行动起来比专家还快。"钟彩虹总结与果农打交道的秘诀，"首先要考虑果农的利益，不让他们吃亏，事情就好办了。"

心理障碍消除了，果农握剪子的手就不再软了。果农明白了多出汗，多付出，多学习，就能多收获，管理上也就容易了很多。

北方与南方是不同的，山上与山下是不同的，向阳坡与背阴坡也是不同的。不同的地域、气候、土壤，决定着猕猴桃的种类和管理方式。种植业是天文、地理、动植物等各种知识系统的集成，看似简单，却充满了复杂的变量。

技术无止境。钟彩虹还在不断地探索剪枝技术，她长期使用不同的方法作业，然后进行比较，积累了丰富的经验。比如，季节不同，剪枝的方法也有所区别：春天有春天的剪法，冬天有冬天的剪法。即使在同一季节，对于一株猕猴桃来说，由于上部、中部和下部接受的阳光照射程度不同，枝条和叶子的密度不同，剪枝的方法和策略也应该有所不同。比较不同剪枝方法，不仅要看产量，还要把枝叶和果实拿去化验，用化验结果做决策依据。

为了让果农学习和掌握先进的剪枝技术，钟彩虹每年都要到乡村举办剪枝技术培训班。通过手把手的传授，果农们在剪枝技术的实践中渐渐悟出了"舍得舍得，没有舍就没有得"的道理。

二十一、蒲江：藤架下的身影

北纬30度。四川省蒲江县。

这里是世界公认的猕猴桃最佳种植区。2010年，"蒲江猕猴桃"正式获得国家地理标志保护产品认定，成为蒲江县的标志，猕猴桃产业大军就此异军突起，一度拉动了蒲江县的经济升级。

蒲江县位于成都平原西南缘，介于东经103°19′至103°41′、北纬30°5′至30°21′之间。县域内生态条件优越，品种资源丰富，市场基础良好。

蒲江猕猴桃在联想投资有限公司的带领下，无论是资源潜力，还是上市时间，都可在世界上形成强有力的竞争力，发展前景十分广阔。蒲江县委、县政府将猕猴桃产业作为本县具有特色优势的农业产业重点推进，坚持走高端产业化之路，发展"GAP、GGAP双认证"基地、推进品牌化经营，使猕猴桃产业标准化、规模化、集约化、品牌化生产和经营水平不断提升。蒲江县猕猴桃产业正向"全国一流"的目标和国际化的道路迈进。

然而，就是这样一座因新品种猕猴桃而振兴起来的县城，在10年前，猕猴桃种植面积却只有几百亩，猕猴桃的产业化生产更是无从谈起。

说起蒲江县猕猴桃产业化的开端，就不能不提到钟彩虹。蒲江县县长不无感触地说："如果没有钟老师——这位'猕猴桃皇后'的指导和帮助，蒲江猕猴桃零星散碎的栽培现状绝对无法改变。"

是的，让科研成果走出实验室，让猕猴桃新品尽快规模化、产业化发展，一直是钟彩虹和她带领的团队的追求目标。作为一名科技工作者，她始终不忘初心，牢记使命。

10年前的某一天，蒲江县一家农业科技公司的负责人，急匆匆地找到中国科学院武汉植物园求援，说他们遇到了猕猴桃产业发展的科技难题，公司进退两难，面临倒闭。全公司上上下下如热锅上的蚂蚁，人人束手无策。

时任中国科学院武汉植物园主任的黄宏文得知这一情况后，当即决定派他的得意门生钟彩虹前往蒲江。

当时，钟彩虹刚刚辞去湖南省农业科学院的工作，家里留下丈夫和孩子，只身从长沙来到武汉，负责中国科学院武汉植物园的猕猴桃产业推广和技术培训工作。那年，钟彩虹38岁，正值事业发展的高峰期。临危受命，她来不及多想，简单收拾一下行装，就星夜兼程赶往蒲江。

她抵达蒲江后，眼前的一切远比想象中要复杂得多。当时的蒲江县，猕猴桃生产一团糟，生产没有规划，种植没有新品种，缺专业技术，缺专业人才。这些还不是最难的。钟彩虹心里有数，她来了，规划会有的，新品种会有的，技术和人才都会有的。蒲江县有的是大片大片的非常适宜栽植猕猴桃的土地，这就够了。

而令她真正为难的却是当地政府、企业和农民们怀疑的眼光。

——这么年轻、又瘦又小的小女子也是科学家？你行吗？那种怀疑的眼神倏忽间变得有些不屑了。面对多方的轻视和质疑，钟彩虹没有退缩。她当即决定，一定要用实实在在的行动，在短期内转变他们的态度，消除他们的疑虑。

钟彩虹不辞辛劳，在当地有关人员的引领下，走遍了蒲江大地，掌握了第一手材料。然后，她又认认真真地分析了当地的栽培条件，最后决定引入猕猴桃明星品种"金艳"，作示范种植。

当地同志只同意先种植15亩做个示范。

也好，急不得，慢慢来。钟彩虹嘴上这么说，心里可不这么想，每天都像百爪挠心，坐立不安。当然，钟彩虹也深知这"第一枪"的重要性，一定要脚踏实地，稳扎稳打，不成功不罢休。于是，她就把这明星品种"金艳"当婴儿一般的对待，全身心投入到无微不至的照料之中。经过一段时间的百般呵护，"金艳"的试种终于初见成效，15亩示范田在第二年初果期亩产平均就达到400千克。

如果按照这个发展趋势预计，这15亩猕猴桃到第四年盛果期时，即可稳定亩产2000千克左右。

第一枪打响了，并且还是这么清脆响亮。

这一下，当地所有人都心服口服了。他们开始关注这巨大的经济效益，看到了猕猴桃带给他们的希望，脸上泛出渴望的红光。于是，15亩示范田犹如星星之火，迅速发展成燎原之势。

此后，钟彩虹带领她的团队常年驻扎在蒲江县猕猴桃基地，深耕于猕猴桃的品种布局、科学种植、采收标准、采后贮藏等全产业链的标准化经营管理里。他们还与当地政府和企业建立了长期有效的技术培训机制，大力培养本土猕猴桃技术人才，全面提升一线果农的技术管理水平。

此外，钟彩虹和她带领的团队配套研发的高效生产技术辐射面积已经达到68万亩，进入结果期的农户每亩可收入2万至4万元，累计产值可在100亿元以上。与此同时，还带动了相关服务产业的发展，如运输、包装、加工、冷藏、销售等行业，形成了规模浩大的农业产业集群。而且还通过增加就业和收入来源，减少了壮劳力外出务工的人数，缓解了贫困地区留守儿童和空巢老人问题，增强了社会的稳定性，赢得了农户、企业和地方政府等多方面的广泛赞誉。

蒲江县人民不会忘记，是钟彩虹和她带领的团队，让蒲江县猕猴桃产业从无到有，从小到大，形成规模，步入可持续发展的正轨，使濒临倒闭的企业起死回生，生产经营管理水平得到跨越式升级，拓宽了就业渠道，使人民群众的生活质量一天比一天好。

蒲江县人民政府专门给中国科学院发来感谢信。信中说，钟彩虹和她带领的团队，无畏压力，不惧艰苦，胸怀大志，只争朝夕，对蒲江县猕猴桃产业发展进行了整体规划，并提供了品种及配套栽培技术，使蒲江县猕猴桃产业形成了10万亩的规模化种植，产量达7万多吨，产值达7亿多元。农民们算了一笔账，种植猕猴桃相比种植玉米、小麦等传统农作物，年纯收入从每亩300元左右增加到每亩1万元以上。信中说，蒲江猕猴桃基地已经成为全球最大的优质黄肉猕猴桃生产基地，蒲江猕猴桃也荣获了"2015年中国十大最具魅力农产品"称号，并成功跻身"2015年中国果品区域公用品牌50强"，蒲江猕猴桃产业现已成为蒲江县农业经济的重要支柱产业之一和农民增收致富的重要途径。对此，全县人民铭记在心，感谢钟彩虹老师和她带领的团队对蒲江县县域农业经济发展所做出的无私奉献和大力支持！

蒲江猕猴桃规模式产业化栽培，是钟彩虹将科技成果转化为生产力的一次大胆尝试。她凭一个科学家的赤诚肝胆和智慧，帮助经济相对落后地区走上了致富之路，也让大家看到了科技的力量和猕猴桃产业的发展前景。

二十二、十八洞的山歌美

湘西沱江两岸是一排排的吊脚楼。在湘西行走，万万不可忽略了吊脚楼。如果没有吊脚楼，湘西也就没有了韵味。在青翠的山峦之间，一架一架的猕猴桃带给人们无尽的遐想。猕猴桃架下有土家族妹子唱的山歌传来——

高高山上一棵槐，

天天放牛上山来。

有心上山把花采，

不知槐花几时开？

风不吹柳柳不摆，

雨冰催花花不开。

花开自有花开日，

有那心思莫怕挨。

如果说蒲江县猕猴桃产业化生产的成功，是包括黄宏文在内的前两代人为钟彩虹铺的底，她才有胆量临危受命的话，那么，湖南省花垣县十八洞村的又一次攻坚战役，则是钟彩虹和她带领的团队的主动所为，她要用最棒的团队、最先进的技术、最好的方式、最适宜当地种植的新品种，一步步让那里的老百姓尝到种植猕猴桃的甜头。

第一步，钟彩虹实地调研，与当地政府合作立项。考虑到猕猴桃的附加值较高，又结合当地已有种植户多年种植猕猴桃、生态环境适宜猕猴桃生长的现状，她决定将猕猴桃作为精准扶贫的重点产业之一，迅速在全县推广。

第二步，当地省、州、县党委、政府有关负责人在钟彩虹的建议下，参观学习四川成都产业发展模式，建立猕猴桃产业化生产组织，制订实施方案，由十八洞村和苗汉子野生蔬菜开发专业合作社共同创建花垣县十八洞村苗汉子果业有限责任公司，并全面负责猕猴桃的种植和管理工作。

第三步，投入注册资金600万元，由苗汉子野生蔬菜开发专业合作社出资306万元，占51%的股权；国家财政扶贫资金投入234万元，以股份合作形式帮扶十八洞村225户938口人，占39%的股权；国家财政扶贫资金投入60万元，以培植村级集体经济形式给十八洞村村民委员会使用，占10%的股权。

第四步，鉴于十八洞村耕地面积少（人均耕地面积只有0.83亩）、耕作条件差，项目决定采取在湘西国家农业科技园花垣核心区内流转土地的方式，集中种植猕猴桃，而村民作为股东，可分享猕猴桃种植销售后产生的利润。

本着猕猴桃品种升级、技术改进、产业发展模式创新，让群众脱贫致富的想法，钟彩虹陪同当地政府领导及公司负责人，多次到成熟产区四川成都蒲江县等调研猕猴桃产业的发展情况，组织相关人员和贫困农民参加当年的第八届国际猕猴桃学术研讨会，增强信心，掌握技术。

调研准备工作就绪以后，钟彩虹决定将中国科学院武汉植物园最新培育的猕猴桃新品种"金梅"授权给公司作为主栽品种发展，同时还提供了其他一些红心、黄肉、绿肉猕猴桃新品种，以完善其产业结构，并为当地的猕猴桃产业提供全方位的技术支撑。

项目于2014年7—8月完成了园区的规划工作，9月初开工，12月份至2015年2月份完成了一期工程的园区整理和苗木定植工作，同时开展了2期技术培训，每期培训人员150～200人，并对公司的核心技术管理人员进行了重点指导和培训。除了集中培训之外，钟彩虹每个月都会派技术人员到基地进行实地指导，或亲临现场作技术指导，仅仅几个月的时间就实地培训项目技术人员约1500人次。这些技术人员奋战在第一线，每天都与钟彩虹及其团队保持微信或电话沟通联系，以确保项目顺利实施。

在热火朝天的生产实践中，项目的发展逐渐形成了公司与村合作社合作开发的模式，就是通过公司这3000亩核心基地的建设和示范，计划在花垣全县带动发展猕猴桃1万至1.5万亩，催生出一个全县的猕猴桃扶贫新兴农业产业，带动当地的产业升级，为全县农民增收致富奔小康提供可靠保障。

近10年间，包括四川的蒲江、湖南的花垣在内，钟彩虹和她带领的团队先后在四川的彭州，贵州的水城、六枝、大方，安徽的金寨，湖北的浠水、大悟、武汉、丹江口，河南的新县，云南的屏边等市县（其中8个国家级贫困县、1个省级贫困县），共建立猕猴桃示范基地12个，拥有国内猕猴桃公司或合作社40余家，猕猴桃专业种植户达1200余户。

钟彩虹和她带领的团队还在湖北、贵州、四川等省猕猴桃产区，累计多媒体上课近300次，编写PPT培训教案50余份，培训中层技术人员5000余人次，培训基层一线田间操作人员达4.2万余人次。新培育的"东红""金桃""金艳""金圆""满天红""金梅"等20多个新品种转化成商品，栽培面积达21万余亩。其中，"金桃"已成为当前世界三大黄肉猕猴桃品种之一，并在欧洲及南美洲广泛种植；"金艳"作为我国首个商业化种间杂交品种，已在我国形成近17万亩的种植规模，年产值超过10亿元。

此外，还催生出"柳桃""卡思特茉"等产业品牌，在国内外高端市场占有15%以上的份额，夺回了我国在国际猕猴桃领域的话语权，使我国由一个猕猴桃资源大国逐步转变为产业大国，确立了中国猕猴桃新品种在世界猕猴桃产业发展中的主动权和主导地位。

钟彩虹说："推动猕猴桃产业发展、服务国家需求，是一名科技工作者肩负的重任。"

为了这份重任，钟彩虹每年都用300天以上的时间，风里来、雨里去，到全国各地的猕猴桃基地，到田间地头，给农民兄弟上课。她用通俗易懂的语言，宣传科技成果，手把手地教农民兄弟栽苗、整枝、防病治虫，解决他们在生产中遇到的各种技术难题。

为了这份重任，钟彩虹舍小家，为大家。她陪伴父母、子女和亲人的时间极少，留下了无尽的愧疚与思念……

湘西十八洞的吊脚楼，你们知道吗？

二十三、精准扶贫的当家果

如今，走进四川省成都市蒲江县和湖南省花垣县十八洞村，问问那里的老百姓，因种植猕猴桃实现了脱贫致富，最应该感谢谁？他们肯定笑着说，他们除了感谢党、感谢政府以外，最要感谢的是钟彩虹，还有她带领的中国科学院武汉植物园猕猴桃专家团队。

我在农村长大，了解农民们的感情。他们笑着对你说感谢谁，绝不是虚悬的客套话。这是党中央精准扶贫战略结出的硕果，传递了贫困地区的农民们内心深处的那一片片淳朴善良的心声。

习近平总书记说：“现代高效农业是农民致富的好路子。要沿着这个路子走下去，让农业经营有效益，让农业成为有奔头的产业。”

四川蒲江和湖南花垣十八洞村坚持“需求导向、人才为先、科技支撑、统筹资源"的总体思路,通过开展技术攻关、成果转化、平台建设、要素对接、创业扶贫、教学培训、科普惠农等行动,探索出贫困地区创新驱动发展的新模式。科技的种子在精准扶贫的路上,已经开了花,结了果。

2017年3月,中国科学院武汉植物园领导率队,赴定点帮扶的国家扶贫开发工作重点县贵州省水城县,调研猕猴桃精准扶贫工作进展情况。六盘水市委领导在详细介绍了六盘水市相关情况后说,中国科学院自定点帮扶六盘水以来,在农业生态、脱贫攻坚、循环经济等方面都提供了强有力的科技支持。初步实现猕猴桃生产、加工、销售一体化、链条化发展,做大做强了农业特色产业,推动了脱贫攻坚工作的深入发展。

在培训现场,农户们就猕猴桃根结线虫病、细菌性溃疡病、黑斑病、日灼病等病虫害的表现方式及防治措施、农家肥施肥技术、频繁提前落果、结果率不高、果实小等方面的问题,向专家进行了现场咨询。专家在现场逐一解答,农户们十分满意,不少猕猴桃种植户争相邀请专家到他们的种植园进行现场指导。

其实,猕猴桃科技人员下乡和科技团队由领导率队考察走访调研的目的都非常明确,那就是严格落实习近平总书记"实事求是、因地制宜、分类指导、精准扶贫"的工作方针,秉承"科技指导,精准扶贫"的理念,大力推广猕猴桃优质品种,重点突出"技术培训和产业扶贫",并且针对连片经济特困区，在已有新品种创制及转让基础上，研发和集成县域特色生态农业模式，开展规模化推广示范，实现从"特色农业新种质创制"到"特色农业产业发展"的提升。

2018年以来，全国各地猕猴桃产业以多种方式走进贫困山区，再次掀起了"精准扶贫"的高潮。

一个阳光明媚的日子，一大群来自长沙的游客提着篮子，喜气洋洋地走进湖南省新化县天门乡九龙潭村的猕猴桃园。他们竞相采摘，不时地嬉闹拍照，怡然自得。这是当地科技扶贫结合自然资源优势，搭上了旅游的快车，使猕猴桃产业成果成了香饽饽的生动体现。

九龙潭村地势平均海拔1000余米，山高壑深，潭水叠翠，瀑布迷人，森林覆盖率高，是茶马古道渠江源的重要组成部分。这里最大的优势就是山好、水好、景色好。开展科技扶贫以来，当地农民依托紫鹊界、渠江源、雅天门、土坪等周边景点，把九龙潭打造成了天然氧吧和溯溪基地，依托旅游优势，带动了猕猴桃产业的发展。

当地农民自豪地说，党和政府带领群众将旅游优势转化为产业优势，带动大家脱贫致富，没想到市场反响这么好，种在山上的猕猴桃熟了，就有游客来摘，不愁销路。

目前，九龙潭村种植的猕猴桃大多以"红阳"为主，果肉鲜嫩，口感甘甜。在种植大户的带动下，九龙潭村还成立了猕猴桃专业合作社，吸纳了村民51户。形成了占地153亩的农旅产业综合体猕猴桃文化园，解决了26名贫困劳动力的就业问题，已有243人脱贫。

贵州省兴义市自2014年12月起，通过"公司＋村集体＋扶贫公司＋农户"的模式，引进兴仁县鸿源生态农业开发有限责任公司，进驻九头山地区，建设红心猕猴桃种植示范园。公司依托九头山地区资源优势，拟投资1.5亿元种植红心猕猴桃5000亩，带动农户种植5000亩。第一期投资9000万元，完成种植面积5000亩，其中示范种植3300余亩，覆盖精准扶贫户291户1101人，带动农户576户、村民2456人种植猕猴桃。

2018年底，由山东省济南市农业农村局与湘西自治州农业委员会共同策划的"两地携手，情系扶贫"湘西猕猴桃济南推介会，在济南市槐荫区堤口果品大市场举行，并设立湘西优质果品直销窗口。

直销窗口由济南勇辉农业开发有限公司和湘西猕猴桃产业联盟共同设立，济南勇辉农业开发有限公司无偿提供销售场地、冷藏、分级包装、联系客商、宣传推介等服务。经过一个多月的运行，湘西猕猴桃因质量好、口感好，深受广大客商青睐，产品主要销往山东的济南、泰安、聊城、德州、淄博等地。

在直销窗口内，前来选购的济南市民络绎不绝。一位做了十多年水果生意的老板当场选购了10多件，他说："湘西猕猴桃味道不错。我早就听说过湘西是一个美丽的地方，没想到湘西的水果品质也这么好。"

这次推介会以猕猴桃为主打产品，同时推介猕猴桃果汁、大米、腊肉、腊香肠、豆制品、茶叶等10多种湘西土特产品，共邀请80多名客商参加。永顺县农联和永顺县硒源农业开发有限公司代表湘西客商，还与济南客商签订了长期合作协议。预计2019年通过直销窗口，可销售猕猴桃200多吨，销售收入超过160万元。

赵来是四川省宜宾市南溪区汪家镇大坝村人。大坝村位于山区，经济较为落后，他一直想寻找一个发展机会改变家乡的落后面貌。在大学期间，他一直努力学习理论知识，经常跑到很多产业基地参观，跟着在读研究生的师兄们去各地实习。偶然间，他接触到了红心猕猴桃这个产业，结合自己家乡实际情况，觉得在自己家乡种植红心猕猴桃，也许是一条改变家乡面貌的好路子。

说干就干，他开始带领团队试着种植第一批20亩红心猕猴桃，成功以后成立了合作社，规模扩大到200余亩，实现年利润67万元，人均增收8100元。

他一直将自己的果园作为一个标准示范基地，定期到种植户家中进行技术指导，又与农户签订保护价格收购合同，农户以土地入股分红的模式参与生产，周边农户看着猕猴桃种植效益好，能够增加收入，自然愿意加入种植猕猴桃的队伍。

目前，"合作社＋支部＋农户"的发展模式，已吸引83户村民入社，种植总面积已达870亩。

在销售渠道上，他们成立了专业的营销团队，利用QQ、微信论坛，打造采摘体验活动、提前预订等销售模式，营造浓厚的销售氛围，使果实快速销售出去。

2018年，在汪家镇党委、政府的帮助下，合作社成功申请了"亲原"猕猴桃商标，规范了产品包装。同时，在镇党委、政府的帮助下，合作社正积极探索农超对接平台，通过"互联网＋"，拓宽产品销售渠道，实现社员增收致富。

贵州省修文县投资5000万元，自主研发、构建了大数据物联网可追溯系统，通过显示屏，实现对猕猴桃生产过程的全履历追溯。

为严格保证猕猴桃高品质，修文县利用大数据物联网优势，实现了产、销等环节的全程检索、全程管控、追踪溯源，使产品百分之百实现生产有规程、过程有记录。采摘的时候给每个猕猴桃都贴上二维码，消费者只需用手机一扫，就可以知道猕猴桃的品种、产地、种植户、采摘日期、土壤pH值、光照时长等信息，吃得安心，吃得放心。

修文县猕猴桃深受国内外消费者的喜爱，得益于精细的生产管理和销售监控，再加上果实个大肉多、糖分含量高。2018年，修文猕猴桃实现初步出口，销往日本、俄罗斯、马来西亚等国家及地区。2019年，修文县还将继续与12家备案销售企业合作，促进猕猴桃大量出口。

除了销售猕猴桃，修文县还极力促进猕猴桃的深加工，延伸产业链，研发出猕猴桃果酒、果脯、籽油、饮料等特色深加工产品，产品经常供不应求。

目前，修文县猕猴桃种植户已达6000余户，覆盖10个乡镇共113个行政村，种植面积达16.7万亩，挂果面积达6万亩，年产鲜果达4万吨，预计产值将达到18亿元。仅谷堡乡2016年就依托猕猴桃产业实现人均增收5000元，精准带动966户村民脱贫。

2018年底，安徽省金寨县人民政府与联合国世界粮食计划署中国办公室、阿里巴巴（中国）软件有限公司，共同举办了首届安徽省农业品牌发展峰会暨阿里巴巴兴农扶贫（安徽站）"金寨猕猴桃"电商精准扶贫启动会，本着"政府支持、平台引导、精准定位、市场运作"的原则，发挥各自的资源、技术优势，通过品牌重塑和全链路升级，共同推进金寨猕猴桃电商销售、互联网品牌传播，实现金寨猕猴桃产业规模化、标准化、科学化、品质化，促进其互联网销售，增加农民收入，实现电商精准扶贫。

仅仅几年的时间，我国猕猴桃产业在"精准扶贫"战略的指引下，取得了巨大的成就，这不能不说是党中央、国务院英明决策，地方政府通力合作的结果，也是猕猴桃本身的魅力所在。

在2018年3月北京召开的全国"两会"期间，"两会"代表李洪兴先生说，脱贫路上从来不缺少致富的火花，而是缺少深挖特色、点石成金的发现与坚持。

猕猴桃科技产业扶贫项目是我国科技成果转换中迈入市场经济后出现的新生事物，契合发展形势，符合我国国情。它就像一条粗壮的金线，一头连着政府，一头系着偏远山区的贫困群众，因区立案，因地制宜，实实在在，脚踏实地。

是啊，小小猕猴桃已经成了"精准扶贫"的当家果！

展望未来，猕猴桃产业发展一定会更加前景广阔！

第二十四、放眼世界，放眼未来

猕猴桃登上水果殿堂，成为"水果之王"，并非偶然之事。很少有一种水果，得到过这么多植物种质资源与育种团队专家们的青睐。一批批高端猕猴桃新品种应运而生，既活跃了水果市场、满足了人民群众生活的需要，也使我国植物种质资源得到了发掘、发展和传承，更重要的是形成了一个势不可当的产业链，帮助山区农民脱贫致富。

在这里，可以肯定地说，今天中国猕猴桃产业有如此大发展，中国科学院武汉植物园种质资源发掘与育种团队的新老专家们功不可没。而面对今天世界猕猴桃市场风云变幻、激烈竞争的复杂局面，中国科学院武汉植物园的专家团队又是怎么做的呢？用八个字概括，那就是"凝心聚力，砥砺前行"。

中国科学院武汉植物园猕猴桃种质资源发掘与育种团队结合自身特色和优势，立足资源优势，坚持基础研究为先导，攻克猕猴桃产业技术难点，培育了系列猕猴桃新品种，研究成果业已实现了产业化，为国家和地方的经济发展做出了重要的贡献。面对新形势，他们又围绕猕猴桃资源搜集评价、网状进化、果实品质、性别调控以及病虫害鉴定防治等尖端问题，开展了系统分析和研究。

近年，他们赴辽宁丹东、山东泰山、云南屏边、浙江泰顺等地，进行了资源考察。调查引种东北及山东的野生软枣猕猴桃资源30余份，引种中华、中越、黄毛、毛花等野生猕猴桃资源20余份，丰富了国家资源圃的种质，完成了保种项目任务。之后，他们又对前期获得的3万余株种间种内杂交后代开展全面鉴定，目前已有3000余株开花结果，对其中1633株雌株的开花和果实进行系统评价，筛选优良种质200余份。同时将多年前鉴定为优良种质的8个品系高接回植物园内，作子代鉴定；并对已鉴定过的优良品系"RC197""红花金果""绿珠"申请新品种保护，其中双抗砧木"RC197"的选育就是品种选育上的新突破。

他们还以猕猴桃25个主要物种为研究材料，通过重测序分析，发现猕猴桃物种间杂合出现在全基因组范围内；研究了猕猴桃的物种形成及模式，确定了11种猕猴桃祖先种。与新西兰植物与食品研究所和意大利乌迪内大学等合作，共同完成猕猴桃基因组组装。将"红阳"猕猴桃基因组中未组装的164Mb支架序列分配到染色体水平，完成人工基因注释，纠正了"红阳"基因组注释的错误。结果发现，在全基因组范围内存在着复制的现象。

他们定位与果实品质相关的位点。收集山梨猕猴桃和中华猕猴桃杂交群体的数据，对单果重、果实横径、果实纵径、可溶性固形物、总糖和总酸含量进行了数量性状基因座定位，开发能对上述果实性状进行筛选的标记。对74份野生资源和栽培品种进行糖酸组分的测定，发现栽培种的各项糖酸组分含量的均值高于野生资源，而糖酸比趋于接近。通过相关性研究分析发现，果糖和葡萄糖含量与奎宁酸、柠檬酸、苹果酸和总酸含量显著正相关。

他们采用转录组测序方法，分析了猕猴桃雌雄花的转录本差异，检测到一系列与性别相关的基因，为进一步研究猕猴桃性别分化机理打下了坚实的基础。利用转录组测序方法开发了69对毛花猕猴桃微卫星分子标记，并用于毛花猕猴桃及其近缘种的群体遗传分析，表明这些分子标记能够应用于猕猴桃属植物的居群遗传学研究，为猕猴桃属植物的遗传多样性以及基因流研究提供了良好的基础条件。

他们开展了猕猴桃病害的研究。以全球收集到的80株Psa菌株为材料，通过全基因组测序及分子系统发育分析，首次揭示了全球Psa起源于日本和韩国，及其从野生软枣猕猴桃迁移至栽培中华猕猴桃并传播到其他国家的过程。对收集自我国贵州、陕西、四川、安徽和湖南等12个猕猴桃主要栽培地区的果实样本，进行了全面的病原菌鉴定分析，首次确定拟茎点霉菌是中国猕猴桃果实软腐病的主要病原菌，葡萄座腔菌、拟盘多毛孢菌、链格孢菌是次要病原菌，不同地区的主要致病菌种类存在明显差异，为后期的抗性机理研究、抗病品种选育及防治等工作奠定了基础。

他们还开展了人才培养及国际合作项目。选送猕猴桃课题组5名成员，分赴英国剑桥大学、美国伊利诺伊大学、新西兰皇家植物与食品研究院、美国密歇根大学等，开展为期1年的公派访问。钟彩虹受邀参加了第九届国际猕猴桃研讨会，作了大会主题报告；3名团队成员分别作了小组口头报告。国际学术交流不仅开阔了学术视野，而且展示了中国科学院武汉植物园的科研成果，拓宽了进一步合作的空间。

目前，中国科学院武汉植物园猕猴桃课题组正在与新西兰皇家植物与食品研究院开展实质性合作研究。

近年来，中国猕猴桃新品种的开发和种植面积的增加，正在改变着全球猕猴桃种类及栽培品种的结构。

2017年，中国·成都国际猕猴桃展望大会在四川省成都市举行。在大会上，专家分析了中国猕猴桃行业市场现状，预判了猕猴桃产业未来的发展趋势。出席活动的有来自十多个国家农业部门的政府官员、国内外农业专家学者、成都猕猴桃主产区企业代表、国内知名生鲜电商平台负责人等。中国科学院专家黄宏文、智利猕猴桃协会主席卡洛斯·克鲁萨特和我国成都猕猴桃主产区代表，就我国猕猴桃研究现状、国际猕猴桃产业对比分析和我国成都猕猴桃主产区特色优势等作了发言。大会同时发布了《中国猕猴桃产业发展报告2017》。报告从全球视野出发，着眼于猕猴桃产业全局，分析了国际国内产业发展的整体现状，深度探究了当今猕猴桃产业发展和消费趋势等细节，是国内首个由权威媒体发布的猕猴桃产业蓝皮书。

猕猴桃产业已经成为我国西部地区的特色农业招牌。四川省是国内野生猕猴桃种质资源和蕴藏量极为丰富的省份，优质特色品种的培育与推广也为四川省猕猴桃产业持续健康发展夯实了基础，红肉品种"红阳"、黄肉品种"金艳"和绿肉品种"海沃德"都深受消费者喜爱。成都市猕猴桃栽培面积超过25万亩，产量接近10万吨，每年高端产品出口量高达300吨左右。

目前，意大利金桃公司、联想佳沃和北京华麟合众等国内外企业，在意大利切塞纳，中国四川、陕西、河南等地，累计推广"金桃""金艳""东红""金圆"等专利新品种30余万亩，近三年累计新增产值113亿余元。项目成果推动了中国猕猴桃的提质改造，吸引了一批著名猕猴桃企业（佳沃、阳光味道、北京华麟合众、上海意津果贸易等）加盟，催生了4个著名的猕猴桃商标，占据了我国猕猴桃的中高端市场。

近年来，我国各地猕猴桃产业又有大动作。

在江西省猕猴桃产区研讨会上，中铁中基供应链集团有限公司与江西省农业农村厅签订了战略合作协议，为江西省进贤县、抚州市东乡区投资150亿元，规划建设10万亩猕猴桃国际标准特色产区，种植猕猴桃国际授权品种，发展相关配套产业，因地制宜地优化猕猴桃产业布局，发挥猕猴桃全产业链科技支撑作用，组建江西省猕猴桃产业联盟，不断提高产业集聚度，打造区域特色，唱响江西品牌，进一步提升江西猕猴桃在国内外市场的竞争力。

四川省绵阳市安州区宝林镇有一家家庭农场叫祥禾家庭农场，它与沙特驻迪拜一家农业公司签订了猕猴桃出口协议，总量26万千克，实现销售收入2120万元。其中，黄心猕猴桃出口20万千克，预计销售价格每千克60元，实现销售收入1200万元；"红阳"出口6万千克，预计销售价格每千克50元，实现销售收入300万元，有一部分"红阳"来自相对贫困的红院村。这些猕猴桃通过空运，已经走进了阿拉伯联合酋长国，成为迪拜人民餐桌上的美食，这标志着宝林产的优质农产品走出了国门，走向了国际市场。

在江西省奉新县，猕猴桃产业已经成为全县的农业支柱产业之一，目前各基地种植猕猴桃总面积达4万多亩，成为全国优质猕猴桃生产基地。2012年以来，在开拓国内市场的基础上，奉新县又将鲜果销售目标瞄准国际市场。通过猕猴桃专门生产机构、猕猴桃公司、销售经纪人、外地客商等多方联系，全县上千农户与新加坡蒜业公司、新西兰西部产业开发公司等签订了猕猴桃供销协议，出现了3600余吨猕猴桃鲜果俏销新加坡、新西兰等国的火爆景象。

四川省都江堰市拥有10多万亩猕猴桃基地，年挂果量超过4万吨。为了提升猕猴桃生产组织化程度，他们狠抓标准化生产、综合技术服务、品牌营销和质量安全监管，建立质量安全责任制、承诺制和准出准入制度，构建覆盖龙头企业、合作社、家庭农场、种植大户和气调库的质量可追溯体系和市、乡镇、社区（合作社）三级检测体系，对存在滥用药品、果品质量安全不达标、果品早采等情况的企业、合作社、农户、冷藏库经营者等，予以严处并向社会公布曝光。目前，都江堰猕猴桃基地已通过国家农业标准化示范区验收，成为国家地理标志保护产品。他们用两年的时间建成了省级猕猴桃出口安全示范区，将锁定高端市场，生产有机、绿色、无公害猕猴桃，以统一标识、包装、品牌等方式打造品牌，更大范围地撬开国际市场大门，将猕猴桃打造成为都江堰的又一国际城市名片。

在陕西省宝鸡市眉县，上下齐动员，共同打造猕猴桃特色品牌农业，取得了骄人的成绩。宝鸡市眉县地处秦岭北麓，是全国优质猕猴桃生产基地县，被誉为"中国猕猴桃之乡"。全县猕猴桃总种植面积30.2万亩，年总产量46万吨,产值30亿元。为促进宝鸡市眉县猕猴桃出口，宝鸡出入境检验检疫局以创建眉县出口猕猴桃示范区为抓手，指导企业加强质量安全管理、推进果园基地标准化建设。组织检验检疫专家，深入生产一线实地指导，了解企业所求所需，同时免费为出口水果加工企业提供重金属、农药残留的风险监控和检测服务。他们在了解到企业有意向加拿大出口后，检验检疫人员主动上门与企业沟通，制定针对性的帮扶措施，对产品收购、储存、品质等各方面严格把关，不放过任何一个环节；同时就进口国家的农残标准和相关检疫要求与企业进行沟通，并对样品实施检测，确保出口猕猴桃质量稳定。前不久，经宝鸡出入境检验检疫局检验检疫合格的13.4吨眉县猕猴桃，顺利出口到加拿大市场。这是眉县猕猴桃首次出口加拿大，实现了宝鸡市眉县水果出口北美高端市场零的突破。

四川省苍溪县自20世纪70年代开始，就探索对红心猕猴桃新品种进行人工驯化栽培。经过30多年的努力，苍溪全县目前红心猕猴桃年产近8万吨以上，猕猴桃深加工也发展到了果酱、果汁、果脯等20多种产品，深受国际市场的青睐，远销美国、以色列、希腊、新加坡、日本等国。2017年7月，苍溪县东溪镇双田富民园猕猴桃专业合作社与俄罗斯亚洲森林投资有限公司签订了为期5年的红心猕猴桃合作协议，双方将在猕猴桃航天育种、营养保健成分研究等5个方面展开合作。这意味着，苍溪红心猕猴桃已经从简单的国际出口销售，过渡到与国外企业联合研发种植阶段，这将进一步提升苍溪红心猕猴桃在国际市场上的份额与影响力。

陕西有个齐峰果业有限责任公司，经过20年的发展，已经成为集猕猴桃新技术、新品种引进推广，猕猴桃种植、技术培训，猕猴桃收购储藏销售，猕猴桃电子商务，猕猴桃出口，以及观光农业等业务为一体的国家级农业产业化龙头企业，2016年营业额突破3亿元，是目前国内出口猕猴桃数量最多、猕猴桃产业体系最完备、猕猴桃行业最具影响力和市场竞争力的企业之一。在种植端，他们通过技术创新，引领和帮助果农种植更加优质的产品；在市场销售端，他们加大品牌宣传塑造力度，完善供应体系，做好电商销售和出口，让更多果农因猕猴桃而致富。20年来，他们专注猕猴桃产业，从产品经销到基地建设，从合作社到农业企业，从国内市场到出口超过9个国家，见证了陕西猕猴桃、中国猕猴桃的发展和崛起。谈到未来，这个企业的负责人说，要以报国富民之心，与国内诸多企业一起，推动更多中国猕猴桃新品牌走向世界。

据业内人士分析，世界猕猴桃市场很大，中国猕猴桃则已进入投产高峰期。这正是一个出口发展的机遇。作为国际三大黄肉猕猴桃种植区，四川省蒲江县种植的黄肉猕猴桃"金艳"正受到关注，果子还没成熟订单就来了。

说到产营销对路，业内人士认为，种"对"了果子，更要种"好"果子，果实管理更是马虎不得。可以说，细节决定猕猴桃销售的成功与否。比如，什么时候采摘，熟化需要多长时间、多少温度，冻库里面温度设置是否准确，冷冻过程中冷气出口的风是否相对均匀等等，低一度就可能造成猕猴桃的冻害，意味着一年的活儿都白干了。

中国，作为猕猴桃产销第一大国，如何发展才能成为强国呢？这确实需要认真思考了。

二十五、产业链链什么

管理学有一句名言："产品的质量不是检验出来的，而是生产出来的。"也正是因为如此，世界一流的食品公司对产品质量的控制都是从种子、土壤和田间生产管理开始的。因为他们明白，只有控制了过程，才有可能控制结果。

文章写到这里，猕猴桃在我心中，已经不单单是一个小小水果的概念了。如果将猕猴桃从研发、推广、生产、贮藏、加工到销售这一整套过程，比喻成通往大厦顶层的电梯的话，那么猕猴桃本身，就像是这部电梯传送带上一个个重要的核心链条。虽然在猕猴桃产业链的整个运行中，猕猴桃本身起到的是核心内容中的局部作用，但却是核心内容中极其重要的关键作用。难道不是这个道理吗？

什么是产业链？产业链是产业经济学中的一个概念。它是指各个产业部门之间基于一定的技术经济关联，并依据特定的逻辑关系和时空布局关系客观形成的链条式的关联关系形态。产业链包含价值链、企业链、供需链和空间链四个维度。四个维度形成的对接机制是产业链形成的内模式，它像一只无形之手，调控着产业链的形成。

也有专家解释说，产业链的本质就是用于描述一个具有某种内在联系的企业群结构，它是一个相对宏观的概念，存在两维属性——结构属性和价值属性。产业链中，大量存在着上下游的关系和相互价值的交换，上游环节要向下游环节输送产品或服务，下游环节要向上游环节反馈成果或信息。

在我看来，这样的解释条理是很分明，但却没有突出重点。什么是重点？我认为，产业链中那个卖点就是重点。什么是卖点？卖点就是产品。调动起这么多优秀的资源，不就是想将合力精心打造出来的产品卖个好价钱吗？那么关键是什么？关键就是在其他环节都达到了最优运行的情况下，产品必须是同类中的最优产品，只有这样，这个产业链才富有魅力。那么，基于上述的定义，我国猕猴桃产业能够形成强大的产业链吗？根据形势的发展和各界人士的积极努力，以及我国政府目前对猕猴桃产业链的高度重视，可以肯定地讲，能，绝对能，而且还真的就是魅力无穷。

世界范围内猕猴桃产业的大量兴起，是在20世纪中后期到21世纪初期。这个阶段，猕猴桃新品种大量涌现，无论是口感还是营养价值都高于普通水果数倍，市场购买力也在不断上升。所以，猕猴桃种植面积快速增加，猕猴桃产业也呈现持续稳定增长的态势，形成了中国、意大利、新西兰、智利、法国、希腊、伊朗、美国、西班牙、日本为主要生产国的全球猕猴桃产业布局。

据有关数据显示，目前，全球猕猴桃种植面积已经超过了53万公顷。我国是猕猴桃产量最多的国家，我国猕猴桃种植面积现已超过世界各国种植面积的总和。

在世界猕猴桃产业中，新西兰、意大利和智利的种植管理水平比较高，鲜果出口量靠前，但价格也比较高。国际市场上，猕猴桃销售价格差异较大，主要原因在于供应商掌握的果实质量参差不齐，而主要进口国之间又有相似的平均进口价格作参照。

猕猴桃价格上的差异，严重影响着各国进出口数量的多少。从海关统计数据来看，2017年1至11月，中国进口猕猴桃前五位的分别是：新西兰（8.1万吨）、智利（1.77万吨）、意大利（0.8万吨）、希腊（0.14万吨）、法国（0.12万吨）。但从市场销售情况来看，我国猕猴桃走向世界的量还很小，当然，不仅仅是价格问题。因此，致力于我国猕猴桃产业链的形成和发展，打造精品出口品牌至关重要。就是说，要从新品种开发、标准化生产、规模化栽培、品牌化销售上下功夫，站在全球市场的高度，做大做强我国国产猕猴桃产业链，使之在国际市场上形成势不可当的销售趋势。

近年来，我国积极开展全国猕猴桃资源调查、整理和选育工作，猕猴桃产业发展迅速，早期的主要产区有：陕西的眉县、周至，四川的苍溪、蒲江，河南的西峡，贵州的修文，浙江的江山等地；近期的主要产区有：山东淄博，贵州六盘水、大方，江西寻乌、奉新，云南红河等地。到目前为止，我国猕猴桃总产量已经上升到世界第一位，种植面积居世界第一位。

然而，我国猕猴桃产品大部分处于内销的状态，虽然总产量很高，但是由于出口量小，对世界猕猴桃产品市场价格的影响非常小，如果我们在一段时间内仍然处于大部分内销的状态，而我国猕猴桃产量仍处在继续增加的态势，反而不能形成大规模的产业链。

从我国现在猕猴桃产区的生产状况来看，多数猕猴桃种植区仍处于散户种植经营状态。达不到规模产业化发展的要求。另外，散户种植经营规模小，缺乏有效的调控管理，栽培技术水平偏低，单位面积果实产量低，生产成本较高，难以形成产业化的规模和优势。

好的果实得有好的包装才能畅销市场。果实成熟采收后装袋、选级、包装、运输等，看似简单的程序，往往因为标准不严谨，操作不细致，导致猕猴桃商品佳果率远远低于发达国家水平。

生产和销售是比较重要的两个环节，搞不好会直接影响猕猴桃产业的发展水平，关系到果农的切身利益。我国猕猴桃生产和销售之间存在"脱节"的现象。有的产区为了抢占市场，采摘标准达不到规范化管理要求；有的产区由于种植区距离市场偏远，交通不便利，采摘后管理跟不上，造成浪费；另外，我国猕猴桃销售商数量多，品牌杂，内部不团结，相邻省份之间价格差异大，出口创汇渠道相对疲软。

针对散户多、规模小的问题，可通过优化产业布局和加强管理的方式进行解决。地方农业主管部门应组织建立猕猴桃产业合作社、协会等，统一方案，集成体系，建优质基地，打造质量好的猕猴桃产品。学习应用先进的猕猴桃生产国栽培管理技术，比如新西兰、意大利、智利等，在猕猴桃田间枝蔓管理、花果管理、病虫管理、土肥管理等具体技术环节多投入，下功夫，为产出优质果品提供技术保障。加大对优良品种的开发力度，提升水果的综合性能。对全国猕猴桃产业现状的各个品种进行深入调查，加快对优质、高抗、高产的猕猴桃良种选育，做好良种的储备，才可能打造国际上能够叫得响的品种品牌。

中国科学院武汉植物园和华南植物园以黄宏文及钟彩虹猕猴桃新品种科研团队为主力，几十年来，全力以赴帮助四川蒲江、湖南花垣十八洞村等地建立猕猴桃产业基地，现已基本形成产业链，产品顺利销往国际市场，反响非常好，既为贫困山区的老百姓解决了贫困问题，也为我国形成猕猴桃产业链闯出了一条新路。

如果我国在政策、资金、人才上，能够帮助我国众多的植物科研团队研发推广更多的猕猴桃名牌产品的话，像中国科学院武汉植物园和华南植物园一样，鼓励技术人员"走出去"，提高科技成果的转化率，帮助更多的猕猴桃产区尽快形成产业链，那我国猕猴桃产业将会有更广阔的发展空间。

猕猴桃果实采收后，在管理处理及冷藏物流方面，需特别注重细节。要改变以往的粗放型模式，如猕猴桃采摘时，严禁创伤，应戴手套，轻拿轻放。还要加强气调库等配套设施的建设完善。对于猕猴桃果实冷藏和物流方面的设施设备，应加大投资力度，拓宽发展领域，延伸产业链条，不能由于一个环节处理不到位，而影响或者制约了猕猴桃产业链的发展。

据业内人士讲，我国猕猴桃产业虽然发展势头强劲，但是存在着本土高知名度品牌少、国际品牌营销仍强势的问题。虽然目前在线下和线上平台上快速涌现了众多猕猴桃品牌，但其知名度不高，或只体现在某一地区。品牌背后的产业链实力不强，产品总体口感或标准化方面有所欠缺。再有，产品营销资源有限，在跟国际品牌的营销战中实力明显不足。如新西兰"佳沛"等国际知名品牌，无论是在线上主流电商中，还是在线下零售店中，其充分的营销赢得了众多渠道的认同与支持，给国内品牌造成较大的市场压力。

当然，国内企业品牌意识逐年增强、投入也逐渐增大，是可喜的事实。在改进方面，首先要增强产品的品质、产品的标准化，各批次要有统一的口感、口味，要具备大小均一美观、品种优良、包装保护性强且美观、供货稳定性好等优点,提高产业前端品牌的核心竞争力。在市场营销方面,要加大对相关人才的培训投入,用新颖、丰富的方式占据消费者内心,如重视与行业领先电商的合作,强化产品信息、品牌理念的传达等。

另外,随着人们生活水平的不断提高,人们对高品质水果的需求量在不断增大,吃水果都讲究要"吃出健康"来。所以,在猕猴桃栽培和贮藏过程中,一定要使用符合标准、符合要求的药品药剂,注重绿色、生态、健康。只有这样,我国猕猴桃产业才能够可持续健康发展。

喷喷,猕猴桃产业链不是像拉面一样拉长的呀,而是靠自身的内生动力延伸的。

二十六、祝酒歌

闭上眼睛是猕猴桃，睁开眼睛还是猕猴桃……终于熬到了收尾的这一天，身心俱疲中忽觉得心里一亮，似乎该好好地睡一觉了。

然而，这个念头刚冒出来，就觉身子慢慢地往下沉，眼皮也不由自主地合在了一起，倏忽间便进入到甜美的梦乡，梦到了那个关于猕猴桃的传说——

远古时期，在湖北神农架的深山老林里，生长着一种野果，每年秋季果实成熟时呈椭圆形，果皮上有黄褐色的茸毛，外貌很丑陋，山里人都以为这种野果肯定不好吃，甚至会有毒，都不敢采食。

有一年秋天，野果成熟时，山里人意外地发现，昨天他们还亲眼看到野果满树，今天怎么就不见了，往地上看，地上也没有。山里人顿感疑惑，心想：这么多野果哪里去了呢？

第二年，等到野果成熟，山里人就日夜轮流值班，观其究竟。

一天夜晚，正是夜深人静之际，在暗淡的月光下，人们发现：一群群老老小小的猕猴从四面八方奔跑而来，它们纷纷往果树上爬，你抢我夺树上的野果，边吃边摘，一时间把野果抢摘一空。

山里人纷纷议论："这种不好看的野果，猕猴怎么这么爱吃呀？"

到了第三年野果成熟时，山里人说："此野果既然猕猴爱吃，难道我们就不能吃吗？"于是，大家决定抢在猕猴之前去尝个究竟。他们摘了一颗熟得最好的果子，剥去果皮，只见肉色碧青如玉，送进嘴里尝味，竟然酸甜可口。他们又摘了一颗没熟透的果子，不但皮难扒，而且肉极涩，还酸。随即，大家纷纷将那些熟透了的采回家中，没熟透的一个没动，吃完了再到山里去采，一茬茬循环往复。

然而，这么好的果子却没有名字。于是，山里人就开了个会，专门讨论给野果取名的问题。会上，大家冥思苦想却想不出合适的名字。后来，一位老人站起来说："这种野果猕猴爱吃，颜色形态又极像猕猴之容貌，称它为猕猴桃吧。"老人说完，大家纷纷点头称好。从那以后，"猕猴桃"这个称呼就一代一代传下来了。历代所有的本草书籍，直至当今国家出版的大型辞典，都称之为"猕猴桃"。

你看，它的皮儿是棕色的，上面布满了又细又密的茸毛，短短的，好似一个椭圆形的土豆；又像一个可爱的小枕头，鼓鼓的；还像一个黄乎乎的小猴头，毛茸茸的。用手轻轻地摸一摸它们，呀，有的硬邦邦的，像一块石头一样，而有的却是软绵绵的，像一块面包一样。

某日，我挑了一个软软的猕猴桃，轻轻剥去那层薄薄的皮儿，里面立即露出了翡翠般的果肉，一股淡淡的清香扑鼻而来，令人垂涎欲滴。

一个男高音宽广嘹亮的歌声，飞进我的梦中——

爱的你猕猴桃

爱的你想要吃

爱的你不释手

猕猴桃却能制美酒

猕猴桃酒保健

猕猴桃酒长寿

猕猴桃酒是好朋友

亲友们相聚喝一杯

喝一杯猕猴桃酒

我的美梦忽然被惊醒了。初醒的神经，促使我猛地睁开眼睛——嗨，这才意识到原来是一场梦。

有梦就好。

有梦就有目标,有梦就有奔头。

猕猴桃——生于时间,留于空间。

你可以不吃猕猴桃,没有人会说你人生有遗憾。但是,我可以断定,你只要吃了猕猴桃,吃了科学家们历经几代精心培育出来的猕猴桃,吃了有情怀、有传奇、有故事的猕猴桃,你一准会爱上这种奇异的果子。咬一口,再咬一口,是微酸,是微甜,还是什么?久久回味,心醉体酥。——是那种久违了的初恋的感觉吗?

是的,这种感觉在不经意地提醒着我们:不忘昨日的来处,认清明天的去向。

2018年3月至9月　写于北京

1978年前后，在方毅同志的支持下，《哥德巴赫猜想》《小木屋》《胡杨泪》等一批反映科学家和科技创新的报告文学作品相继问世，引起了强烈的社会反响。这些被人们认为反映了"科学的春天"到来的激越文字，已经或依然在影响着很多人的人生选择。

2013年5月，中国科学院启动了新一轮机关管理体制改革，成立了科学传播局。在传播局的战略规划中，明确提出创作一批反映科技创新、歌颂科技工作者的高质量文化产品，争取可以传世。在中国作家协会副主席白庚胜同志、中国科学院文联主席（现任名誉主席）郭曰方同志、中国科学院科学传播局局长周德进同志的倡议下，这一想法明确为创作出版一套反映新中国科技成就的报告文学作品。由此，中国科学院、中国作家协会、中国科学技术协会三方达成联合创作一套大型报告文学作品的高度合作共识。2015年1月，中国科学院、中国作家协会、中国科学技术协会主要领导联合会签工作方案，正式将其定名为"'创新报国70年'大型报告文学丛书"。

知易行难。经选题遴选、作家推荐、研究所对接，到2015年11月13日，"创新报国70年"大型报告文学丛书项目举行第一批选题签约仪式，6项选题正式开始创作。其后，项目进入稳步有序的推进阶段，先后组织了4批选题的编创工作。

这是一个跨部门、大联合、大协作的项目，从工作设想到一字一句落墨定稿，数百人为之操劳奔走，为之辛苦不眠，为之拈断髭须。在选题、作家遴选阶段，中国科学院12个分院近60家院属单位提交了选题方向建议，多家研究所主动联系项目办公室，希望承担选题创作支撑任务；白春礼、侯建国、钱小芊、白庚胜、谭铁牛、王春法、袁亚湘、杨国桢、万立骏、陈润生、周忠和、林惠民、顾逸东、王扬宗、彭学明等20余位院士、专家直接参与统筹指导、选题遴选工作，为从根源上保障丛书水准出谋划策；中国作家协会、中国科学技术协会给予项目高度支持，细心考虑多方因素，源源不断地推荐最合适的优秀作家，提供强有力的支撑。

在调研创作阶段，30余位作家舟车劳顿，不辞辛劳深入科研一线调研采访，深挖一人一事。以"青藏高原科学考察项目""东亚飞蝗灾害综合治理""顺丁橡胶工业生产新技术""灾后心理援助十周年纪实""从人工全合成牛胰岛素研究到人工全合成核糖核酸研究""从'黄淮海战役'到'渤海粮仓'""包头、攀枝花、金川综合开发项目""中国植物分类学发展与植物志书编纂""中国科大'少年班'""李佩先生相关事迹"为代表的选题，因涉及年代较为久远，跨越了一代甚至几代人的时光，部分重大工程参与单位遍布全国，部分中国科学院外单位甚至已经取消或重组，探访困难。纪红建、陈应松、薛媛媛、秦岭、铁流、李鸣生、杨献平、彭程、李燕燕、冯秋子等作家，在选题依托单位的支持下，以科研成果为中心，不囿于门户，尽最大可能遍访相关单位和亲历者，尊重历史、尊重科学的初心始终如一。以"从'望洋兴叹'到'走向深海大洋'""从无缆水下机器人研究到'蛟龙'号载人深潜器""猕猴桃属植物资源保护、种质创新及新品种产业化""我国两栖动物资源'国情报告'""中国泥石流研究""文章写在大地上——植物学家蔡希陶""中国北方沙漠化过程及其防治""冻土与沙漠地区工程建设支持西部发展""唤醒盐湖'沉睡'锂资源""澄江生物群和寒武纪大爆发"为代表的选题，采访、调研的客观条件较为恶劣。许晨、徐剑、李青松、裘山山、葛水平、李朝全、毛眉、李春雷、马步升、董立勃等作家，出远海、访林间、探深山、翻石冈、巡雨林、穿沙漠、过盐湖，亲历一线采风，与科研人员同吃同住同工作，以自己的亲身见闻，撰写出最生动的文章。而以"北京正负电子对撞机及二期改造工程""核聚变领跑记：中国的'人造太阳'""从黄土到季风""载人航天工程空间科学与应用""大气灰霾的追因与控制""高福院士和他的病毒免疫学团队""强激光技术""'中国天眼'及南仁东先生事迹"为代表的选题,涉及大量晦涩难懂的基础科学研究及其前沿进展。叶梅、武歆、冯捷、周建新、哲夫、张子影、蒋巍、王宏甲等作家克服极大困难,"跨界"学习自己所不熟悉的科学知识,甚至成了相关领域的"半个专家"。与此同时,中国科学院下属30余家科研院所逾百位分管领导和工作人员任劳任怨、尽职尽责,为作家创作提供支撑保障。如西北生态环境资源研究院办公室副主任岳晓,曾十余次陪同作家前往一线采访,包括环境艰苦恶劣的青海格尔木站和北麓河站(海拔4800米)、宁夏中卫沙坡头站、新疆天山冰川站和阿勒泰站等。

在审读定稿阶段,科学界、文学界近150位专家参与审读工作,为高质量作品的诞生提供有力保障。"冯康先生及其家族对中国科学技术的贡献"选题作家宁肯在书稿初稿创作完成后,秉着精益求精的态度,充分尊重各方建议,先后进行了三次重大调整,所付出的精力与调研创作时不相上下。"周立三先生对我国国情研究的贡献"选题作家杜怀超对作品精雕细琢,根据审读意见不断修改完善,对笔误也一一审校订正,力争做到尽善尽美。

"创新报国70年"大型报告文学丛书的创作出版工作,已历时五年。这五年中,科学与文学相互激荡、科学家与文学家激情碰撞。这些"碰撞",也成为开展工作的难点所在。例如,书稿标题的拟定，是应当更平实，还是更富文学性？一项科研工作，是应当尽可能全面展示，还是选取最具可读性的片段施以浓墨重彩？一个或多个工作团队中，应当展现什么人物？又该重点展示这些人物的哪些方面？凡此种种，在成稿之前，作家和科研人员都展开了无数轮"激烈"讨论，经过多方考虑才达成一致。这些或大或小的"碰撞"，在编写过程中，是大家的焦虑所在；在最终呈现给大家的这套书中，也许将是最精华之所在。处理或有不周，但作为一种"跨界"的磨合，相信读者会读出不一样的精彩。

"创新报国70年"大型报告文学丛书项目办公室设在中国科学院科学传播局，联合中国作家协会创联部、中国科学技术协会调宣部共同开展统筹协调工作。项目执行单位先后设在中国科学院计算机网络信息中心、中国科学院文献情报中心。前前后后，数十人为之操劳奔忙，他们是中国科学院的杨琳、胡卉、储姗姗、李爽、陈雪、崔珞、王峥、孙凌筱、张颖敏、岳洋，中国作家协会的高伟、范党辉、孟英杰，中国科学技术协会的孟令耘等。这个团队持续跟踪选题创作和审读进展，及时发现问题、解决问题，付出了大量的时间和精力，保障了丛书的顺利出版。

感谢中国作家协会、中国科学技术协会、中国科学院以及浙江教育出版社的精诚合作，感谢各位专家、作家和工作人员对此项工作的辛勤付出，相信“创新报国70年”大型报告文学丛书的出版能够有力地传承科学文化，推进科技与人文融合发展，弘扬社会主义核心价值观和新时代科学家精神，为实现中华民族伟大复兴的中国梦发挥出独特作用。

“创新报国70年”大型报告文学丛书项目组

2019年6月

图书在版编目（ＣＩＰ）数据

猕猴桃传奇 / 李青松著. -- 杭州 ： 浙江教育出版
社，2019.11
（"创新报国70年"大型报告文学丛书）
ISBN 978-7-5536-9356-9

Ⅰ．①猕… Ⅱ．①李… Ⅲ．①报告文学－中国－当代
Ⅳ．①I25

中国版本图书馆CIP数据核字(2019)第162144号

"创新报国70年"大型报告文学丛书

猕猴桃传奇
MIHOUTAO CHUANQI

李青松　著

策　　划：周　俊

责任编辑：陆音亭　彭　宁

责任校对：谢　瑶

责任印务：沈久凌

出版发行：浙江教育出版社（杭州市天目山路40号　邮编：310013）

图文制作：杭州林智广告有限公司

印刷装订：浙江海虹彩色印务有限公司

开　　本：635 mm×965 mm　1/16

印　　张：10.25

字　　数：106 000

版　　次：2019 年 11 月第 1 版

印　　次：2019 年 11 月第 1 次印刷

标准书号：ISBN 978-7-5536-9356-9

定　　价：48.00 元

联系电话：0571-85170300-80928

网　　址：www.zjeph.com